KB096805

정현기 제5시집

비 내리는 서하리

비 내리는 서하리

1판 1쇄 인쇄 2022년 2월 3일
1판 1쇄 발행 2022년 2월 8일

지은이 정현기
발행인 김소양
편 집 권효선
마케팅 이희만

발행처 ㈜우리글
출판등록번호 제321-2010-000113호
출판등록일자 1998년 06월 03일

주소 경기도 광주시 도척면 도척로 1071
마케팅팀 02-566-3410 **편집팀** 031-797-3206 **팩스** 02-6499-1263
홈페이지 www.wrigle.com

값은 표지에 있습니다.

ISBN 978-89-6426-101-9 03810

잘못 만들어진 책은 구입하신 서점에서 교환해 드립니다.

정현기 제5시집

비 내리는 서하리

우리글

머리말

비내리는 서하리

– 정현기 제5시집 –

또 다시 일지시라는 이름의 글을 묶어 다섯 차례째 책을 낸다. 나날의 삶이란 따지고 보면 바람처럼 휙휙 지나가는 사라짐으로 이루어진다. 오늘이 휙 지나가면 어제가 되고 그저께가 되며 다시 그그저께가 되어 어디론가 사라진다. 이런 나날의 허황한 겪음을 글로 읽어 써놓곤 한 것이 일지시라는 이름의 글들이다. 2005년부터 써온 글이니 그 모임의 숫자가 퍽 많다. 2021년 9월 20일 오늘 아침에 쓴 게 숫자로는 6,111조각編이다.

이런 글들의 뜻이 무엇인지 그대는 잘 모른다. 그것이 어떤 사람 눈길에 닿아 무슨 느낌을 주게 될지 또한 그대는 까맣게 모를 뿐이다. 그래도 이걸 묶어 시집이라고 낸다고 생각하니 조금은 웃기는 일이기는 하다.

고릿적 글꾼 백운거사白雲居士 이규보李奎報라는 이가 2천여 편을 썼다고 알려져 있고, 중국의 동파東坡 소식蘇軾이 3천 6

백 수였다든가? 많이 쓴다고 그게 시가 되냐? 다 부질없는 셈속이지만, 그대 정현기의 나날들을 아무 뜻도 없이, 그냥 보내고 있었다는 그 얘기를 여기 적어 보일 뱃심을 내놓는다.

자랑스러울 것도 부끄러울 것도 없이 살아내는 그대 삶의 시시하고 빤한 이야기; 2007년도에 겪음의 생각이며 느낌들이 엉성하게나마 엮여 있다. 이게 시로 빛을 내려면 누군가 이걸 읽고 빙긋이 웃을 때 피워올리겠지! 꿈만 야무진 글 얘기 앞마당에 붙여놓는다.

2021년 9월 20일

정현기 적음

차례

1부 하루치씩 잔뜩 살기

2부 식민지 시인들…?

3부 꾀꼬리 밧줄 얘기

4부 외로움, 그래 외로움

5부 시 번호 매기기

1부

하루치씩 잔뜩 살기

366

명품은 명가만 알아본다

거 정말 귀한 명품이로고!
내가 없고 너도 없어 아버지 어머니 바느질 장난감 만들던 솜씨
멀리 저 멀리 떠나가 대기업 공장 폐수로 녹아
오직 이름 내어 퍼뜨린 장인 이름만 남아
값비싸기 하늘 찌르는 아찔아찔
몸과 어깨, 걸치거나 신고 멘 날렵한 몸짓
오늘도 삐딱한 명품 구두 위에 발 얹어 구름처럼 가벼이
아아, 가벼워라 가벼운 명품족
아이트마토프의 만쿠르트들
방댕이 살래살래 흔들며 눈 높은 명품
높이 건들대며 걸어간다, 명품이 걷는다.
깔깔깔 저 봉황기 높이 든 대재벌 눈높이
돈 높이로 치솟아 까마득한 금빛 넘쳐, 넘쳐
깔깔깔, 깔깔 깔깔깔 깔깔, 깔깔!

명품은 빈 자루 속에서만 빛이 난다.
영혼도 정신도 빈 자루 번들대는 눈
하얗게 바래 이름난 이름으로 가득
가득한 사람에게 명품은 안기고 쓸려 빛난다.

명품과 쓰레기는 대체로 같은 족속이다.
명품만 알아보는 명가 또 쓰레기와는 같은 족속
깔깔대며 그런 머리 빈 사람 주머니 비우는 부라퀴
그윽한 웃음 방방 대며 21세기 거리 뒷골목을 누빈다, 누벼!

2007년 6월 8일 금요일, 광개토관 621호실.

어제 무리하여 걸어서 그런가 무척 피곤하다. 오늘은 어제 김수연 박사 만날 약속이 어긋나는 바람에 못 만난 백규서 사장과 드뎌 만나기로 한 날이다. 아침에 조홍윤 박사와 약속하였다. 오늘 둔촌동에서 만나기로 하다.

명품에 대한 생각을 적어둔다. 야만인들이 만들어 뿌리는 쓰레기 상업주의에 대해서!

367

유리, 현대, 백화점

너와 나 사이에 유리
투명한 눈빛 빛내고 서 있다.

얼마나 처절한 야만의 불꽃으로
이글거리던 네 몱은 몸 이제
내 앞에 막아서서 무수한 몸짓
태깔로 나를 부르는 몸으로 서 있나!

너와 나 사이 그 너머
온갖 짓과 태깔
고운 물품들 너와의 그 거리
현대는 빛나는 상품으로 눕거나 서서
백화점 마네킹 눈빛 고혹한 유혹 사이에 너 유리
두꺼운 투명성으로 우리 눈
꽁꽁 묶고 서 있구나!

2007년 6월 10일 일요일.

오후 5시 삼성동 현대백화점에 들렀다가 그 뒤쪽 공항터미널 예식장엘 왔다. 김용직 교수 큰아들, 김유중 교수 혼인식 날이다. 최유찬, 최동호, 박경혜, 전영태, 문정희, 이근배, 이사라, 조동일, 이기상, 이은주, 이도흠, 구연상, 조정래 등 여러 문인 학자들을 만났다.

43세 신랑! 김용직 교수 어느 날이었나? '그놈 장가가도록 좀 힘쓰라!'는 말 들은 지 꽤 되었다. 식사 끝내고 구연상, 이도흠, 이기상 교수들과 이리저리 미로로 된 삼성역 근방을 꽤 헤매다가 자리를 잡고는 긴 이야기들을 나누었다.

이 문명은 미친 개발론자들에 의해 사람들 모두를 개미들로 만들어놓았다는 이야기도 내가 끼웠다. 현대백화점에 진열된 상품들을 보니 정말 미친 문명 속에 우리가 꼼짝없이 갇혔다는 생각이 들었다. 오늘 식사 자리는 같이 만난 최유찬, 박경혜 선생과 함께 하지 못한 채 전영태, 최동호, 이근배 등과 마치고 최, 박 선생과는 허무하게 헤어졌다. 이기상 교수와의 만남이 다급했기 때문이다. 직장암 3기 판정 이야기! 5년 동안 유예될 수 있다는 삶 이야기가 가슴을 친다. 집에 와서는 최현정 시 쓰기를 도왔다.

368
삼성역 개미굴 속을 지나다

지하철 서울 한복판 삼성역
큰 개미집들이 즐비하고 아프리카 저 먼
케냐 벌판에서 본 개미집 뾰족뾰족
그 집 속으로 난 뚫리고 뚫린 미로 이리저리 개미떼들 우구르르
암 수컷 개미들 철 만난 유행 따라
너도 그도 그 굴속에서 팔짱도 끼고 입도 빨던 개미떼

야만의 도시 서울 삼성역 광장 한복판 개미굴 속에는
장사치들이 파놓은 동굴
이 옷 저 옷 개미 옷들 즐비하게 널려
눈부신 소비 부추기던 개미 새끼들만 분주하게 와글와글
야만의 도시가 도심 한복판에 널려
내 넋 한 마리 개미 되어 밀림의 숲 속 이리 저리 기웃거린다.

한숨 소리 드높이, 드높이 질러 아우성치다.

2007년 6월 11일 월요일 저녁, 서하리 글방.

어제 김유중 혼인 예식에 갔던 삼성역 지하도가 너무 인상적이었다. 개발, 개발, 해도, 해도 너무 했다는 자각. 도무지 이런 미로의 도시를 아무런 자문도 없이 그냥 넘겨 넘어가는 사람들이 신비해 보였다. 장사꾼들의 장난질에 기가 질렸다. 아니 거기 순응하는 인간들의 무신경이 마음을 찌른다.

광개토관 621호실에서 급히 쓴 글을 여기 집에 와서 정리한다. 오늘은 「동서고전특강1」 강좌를 종강하였다.

369
도시 한복판에 손톱을 떨어뜨리고

30년도 채 안 지난 세월 저쪽 논밭에서 농사일
굼뜨게 움직이던 손들은 다 어디 가고
지금은 삼성역 지하철 2호선 5번 출구 시멘트 돌팍
그 차디찬 돌 위에 앉아 너는 누군가 만날
시간을 기다리고 있다.

시간은 기다림의 징표이다.

기다림은 예나 이제나 골똘한 생각 부르고
말라르메니 블랑쇼니 하이데거니 하는 외국종 생각
얼룩말들 환영 이야기에 귀 좀 기울이다가
지루해지는 기다림 버티는 재간으로 휘휘 둘러보다가
긴 엄지손톱에 눈이 찔린다.

무릎 위에 얹힌 손톱 이리저리 곰곰이 생각해 보면
이런 옛 농토였던 도심에서 손톱 깎는 버릇이
내겐 퍽이나 익숙하여 싹뚝싹뚝 자르는 손톱
손톱 머리카락 대신 이놈만 있으면
나를 하나나 그 이상도 많이 복제하리라는 생각과

저 옛날 쥐가 손톱 주워 먹으면
나의 형상으로 꾸며 나타난다고 이르던
하, 신통한 옛말과 현대과학 복제 따위들을
할 일없이 주섬주섬 거두다가
그만 손톱은 다 땅에 떨어져 어디론가 내 몸 만들러 사라지고
내가 기다리던 시간만 불쑥 지하철 5번 출구,
시간은 땀 흘리게 달려와
땀 흘린 돌계단 높이로 나타나는구나.

이제 삼성역에서도 쥐가 먹고 나로 변할 손톱
언젠가 저 마포나루 시멘트 빌딩 숲 속에도 뿌린 손톱
도시 한복판에 버리고 만 내 시간
아쉽게도 내가 다시 태어날 그런 꿈속에 아련하게도
손톱 한 톨로 나는 나를 복제한다.

휘황한 문명으로 번쩍이는 지금은 현대로구나!

2007년 6월 12일 화요일, 광개토관 621호실.

그저께 김유중 교수 혼인식에 다녀오면서 손톱을 깎았다. 똑똑똑! 열 개 손가락 끝에 길게 자란 손톱, 그것을 도심 복판에 앉아 깎는 일은 긴장이다. 누가 볼까봐 조심하면서 똑똑똑! 남는 시간을 어디서 보낸다는 말인가? 누구를 기다리는 게 문제가 아니다. 손톱을 주워먹을 쥐가 나타날까 그게 문제다.

오늘은 강의 모두를 종강하려고 한다.

370
서하리 행 버스 노선

토마토가 걸어 나오는 5, 6월 서하리 네거리
비록 발은 없지만 토마토는 무더기, 무더기로 걸어 다닌다.
사람들 눈 맞으러 나오는 서하리 토마토
붉은 몸으로 실려 걸어 나온다.

5일장 광주 장터로 향하는 버스 노선
아침 6시 40분에서 50분차에 오르는 젊고 싱싱한 학생들
몇 몇 그 시간 끊기고 나면 9시 40분에서 50분 차 번천행과 광주행 엇갈려,
험한 정치에 몸 바친 해공 신익희 동상 앞에 서면
그 앞에 무심한 노인들 줄줄이 병원 가러 힘겨운 발걸음으로 오른다.

시골 버스 손님은 병원 가는 노인들
닷새 걸러 서는 광주 장 행여 못 보던 물건 찾아 노인들만 탄다.

시골은 늙었다.

문명, 개발로 죽은 땅
저 어디 서울이나 부산 어느 곳
젊은 몸들 너도나도 몰려 좀비 되어 부글부글
찬바람 쐬쐬 부는 거리에 내동댕이쳐진다.

그렇게 시골은 늙어,
늙은 몸 붉은 토마토나 힘겹게 걷게 하지만
문명한 버스, 시골 버스는 늙는 사람 병원 행 축지법 버스
월 화 수 목 금 토 일 시골 행 버스는 오늘도 내일도
쇠한 몸 싣고 씽씽 잘도 다닌다.

2007년 6월 14일 수요일, 서하리 글방.

아내가 서울 갔다가 돌아오는 시각이다. 여기 시골 버스는 하루에 몇 번씩 가고 온다. 대개 노인들 병원 가는 길 돕는 차다. 노인만 타는 시골 버스, 기분이 아주 묘하다. 나도 노인 급에 속하나? 아직은 나를 노인으로 취급하지 않는다. 나도 가끔 자리를 양보해야 할 판이니!

오랜만에 김영근 교수 부인이 전화했다. 아내와 통화하고 싶었던 모양이다.

371
버스, 축지법

시골에도 버스는 있다.

버스는 있어도 사람은 별로 없다.
그게 시골 버스다.
시골 버스 상냥한 여 운전자 눈길 따라
노인들 병원 가는 길
버스는 편리하다.

시골에도 버스는 다닌다.

사람들이 별로 붐비지 않는 시골 버스
한적한 시골 길 달리는 텅 빈 버스
시골에도 버스는 다닌다, 때로 씽씽 속력도 낸다.

서울이 만원이고 시골은 버스 안처럼 텅 비었다.

2007년 6월 14일 수요일, 서하리 글방 저녁.

오랜만에 김영근 교수 부인 전화를 받았다. 안부 전화!

아내는 동창회에 다녀왔다. 동창회 총무를 친구에게 넘겼단다. 하루 종일 집에 처박혀 잠만 잤다. 내 은행 통장 마이너스에 우선 사백만 원을 입금하였다고!

372
배추흰나비

작년 김 여련화 조선에 훨훨 나는 배추흰나비
뜰 앞에 부려놓고 갔거니 올해 그 나비들 날아
꽃피고 열매 맺어 나비 더듬이 술처럼 가녀린
잎들로 무성하구나, 배추흰나비!

숭숭 뚫린 배추 잎
네 나비 입맛 간맞추느라
여기저기 숭숭 뚫린 얼개
궂은비 맞아 날개 깃 가녀린 태깔로
뜰 앞 배추밭이 엉성하구나!

오늘도 나는 너 배추흰나비
내 뜰을 휩쓸고 가던 더딘 발걸음
내 눈엔 하얗고 까만 네 날개깃들
뻥 뚫린 시간의 벼랑 속으로 훨훨
잘도 나는구나! 시간 깃 배추흰나비!

2007년 6월 14일 목요일 아침, 서하리 글방.

기다리던 비가 오지는 않았지만 그래도 아내와 일찍 일어나 줄호박과 가지들을 옮겨 심었다.

비가 중부지역에만 오지 않는단다. 야속! 뜰에 심은 조선배추 몇 가닥이 이제는 줄기만 남아 앙상하게 하늘거린다. 배추흰나비 애벌레가 다 갉아먹은 탓이다. 몇 놈을 잡아 족치다가 그냥 참는다.

373

제비들의 건축술

올해도 제비들은 왔다.

강남 어디선가 지내다 온 그들
우리 집 서하리 157번지
오래전에 지어놓았던 제비집 한 채
유리창에 갇혀 마당을 돌던 제비들
어디론가 휑하니 가버리고
나는 할 일 없이 하늘을 보며
우리 집 서하리 157번지 오라고,
오라고 손짓하며 불러보지만 지지배배
지지배배 비웃던 너희들 새벽종이 울리네,
너도나도 일어나 큰 기계 소리로 울부짖던 개발아, 개발아!

땅은 뭉개져 시멘트 굳은 몸 철근 공그리라
숨 못 쉬는 땅, 흙도 굳은 논밭 온통 비닐하우스로 바뀌어
토마토, 오이 가지 등속으로 익어가지만 제비
제비들의 토목공사는 낮은 처마 흙집 어디에도
시공이 불편하여 헛날개짓으로 하공만 떠돌다가 시무룩해 한다.

높은 이층집
붉은 벽돌 노인정 처마 끝에 서너 채 집 지어놓고
그래도 지지배배
지지배배 훨훨 날아 농촌 마당가
날랜 몸짓 잃지 않으려 날고, 날고 그렇게 그래도
올해 서하리 옛 마을
제비들은 건축술 재주부려
삐삐 재재 지지 나르고 노래하고
날랜 몸 박씨 하나 내 눈에 떨어뜨린다.

아아 올해도 제비들이 왔구나 왔어!

2007년 6월 16일 토요일 아침, 서하리 글방.

박범신 아들 혼인식이 있는 날이다. 다음 주면 기말고사를 본다. 그러면 이번 학기도 끝난다.

이 마을에는 제비들이 꽤 많이 드나든다. 우리 집에 옛날에 지어놓았던 제비집 한 채가 있어 행여나 거기 그들이 올까 기다리지만 어림도 없는 꿈이다. 얘들이 어디다 둥지를 틀었나 했더니 노인정 이층 지붕 밑에 둥지 세 개를 틀었다. 높은 곳이 아이들의 짓궂은 장난으로부터는 안심이겠지! 그래도 좀 아쉽다. 내년에나 우리 집에 오려나? 기다려본다.

374
박범신, 사람도 참

서울은 빛나, 너무 빛나! 어지럽다.

에엥 술이 취해 어지럽겠지!
온통 무심으로 뒤덮인 건물 까마득한 저 유리 빛 어느 휘황한 박범신 아들 장가가는 잔치 자리,
둥글게 모여 앉은 둥글고 둥근 상 그 와인
첫 잔은 와인이고 둘째 잔부터는 술이라 너스레 떨며 두어 병 미리 잡던
와인 붉은 술 앞에 앉아 빙그레 웃는 작가 정동수 껄껄 푸진 웃음 맛깔스럽구나!
황충상, 김상렬, 이동하, 윤흥길도 정규웅도 눈에 띄어 낯익은 그 자리
나이도 희끗희끗 대낮 술에 대취하면 어른 아이 몰라본다, 껄껄껄!

우리 이렇게 불러보면 안될까?
그 자리 모여 눈빛 고르던 문학 동무 동하야, 규웅아, 아악! 충상아, 상렬아! 아아 흥길아!
낮술에 취해 더러운 세상 다 마셔버리자고 기염 토하던 그

기염으로 아아 애들아!
서울이 왜 이리 낯선지 너희들은 아는지 우리 오늘
박범신 아들 혼인 잔치에 모여
낯술 취해 빛나는 서울 빛을 가린다.

붉은 술 포도주에 노란 막걸리도 마다 않을 그 자리
박범신 그 사람 참, 빛도 고운 날
그 아들 핑계로 모여 우리들 서울 저 낯선 거리에서 쭈뼛대며 대취한다.

서울은 언제나 낯설다 더럽게도 낯설어
그리운 이들이 만나면 낮이고 밤이고 술 마시고 싶어 안달한다.
돌로 된 서울은 괜찮은 사람 만나면 안달복달
강철 같은 어둠 빛 가득 차, 술을 마신다.

박범신 그 사람 참, 기분깨나 좋았겠다!

2007년 6월 16일 토요일 저녁나절, 서하리 글방.
오늘 박범신 아들 병수 혼인식에 다녀왔다. 아주 많은 사람들이 모였다. 모두 그리운 사람들이었다. 박범신이 그렇게 만든 인연이겠지. 그리운 사람들과 점심을 먹고는 사돈어른 고복영 교수와 낮 막걸리로 이차 술을 두 되쯤 마셨다. 황충상, 김상렬, 이동하, 정동수 모두 낯익고 기분이 좋은 만남이었다. 나와서 윤흥길, 정규웅, 송하춘도 만났다. 서울은 언제나 내게 벅차다!

375
동물가족

아 저 뱀 봐! 어디?
팔뚝 걷어 길이 재보이며 녹색에 붉은 반점
아아 그 긴 놈 르나르가 쓴 율모기 가족
우리 집 마루 밑창에 똬리둥지 틀었나보다.

라식 수술로 어제 눈 잘 못 뜨던 막내 아이
아침 잠 곤한 잠에서 깨어나자
밝게 보이는 세상 읽고는 웃는다.
오랜만에 보는 웃음 내 마음도 맑게 밝아진다.

우리 집 서하리 마당 곳곳 쥐들 한 가족
내 방 천정에도 울을 치고
마루 밑 토굴엔 흙무더기로 자기 영역 근사하게 주둔군 진을 치고 있다.
쥐보다 더 긴 몸체 날렵하게 움직이는 족제비
눈알 반짝이던 그에게 속절없이 물려 끌려가던 쥐 한 마리
초상 소리 지켜보던 고양이 하얀 터럭 휘날리며
깃발 좋게 마당 어슬렁거리더란다.

마당 연못 속 금붕어 세 가족 옆구리 얹혀 지내던
미꾸리 꾸물대는 우물가
아직 날카로운 고양이 발톱 접근 불능!

랄랄라, 랄랄라 서하리 157번지
흙집으로 둘러친 우리 집
아아 연봉월 우리 가족!
동물가족 저마다 고민과 으스댐을 몸매에 단 채
함께 산다.
서로 불편하지 않게 거리 관계 지키며 그렇게
우리는 산다.

2007년 6월 17일 일요일 아침, 서하리 글방.

아침에 새람이가 일찍 일어나 어제 라식 수술한 눈을 밝게 뜨고 나온다. 얼굴에 웃음이 담겼다. 꽤 기분이 좋은가 보다.

아침을 먹고 났는데 막내딸이 마당을 가리키며 저 뱀 보라고 한다. 팔뚝으로 길이를 재 보였는데 그 팔뚝이 굵어서 나는 살모사를 연상하고 놀랐다. 녹색에 붉은 반점! 아아 그렇다면 그놈 율모기가 분명하다. 우리 가족에게는 무해할 터!

미국인과 사는 박희숙이 전화가 왔다. 참 오랜만이다. 내게 고종사촌 매형뻘 되시는 옛 형사 박해동희숙이는 그의 맏딸 어른께서 연만하신데다 낙상을 하셨단다. 그 누님조차 돌아가셨는데 참 나이 든다는 게 무섭다. 내일 미국 갔다가 온단다. 백인 손녀딸을 데리고 미국인 남편과 사는 희숙이, 미국 잘 다녀오라고 빌다!

376
쥐, 새끼 까듯 돈 새끼 치는 세상이 미쳐 껄껄

무이자, 무이자, 무이자! 사기 치자, 사기치자사기치자사기치자!
공영방송 동네방네 소리 질러 새끼 치는 돈 자랑이다 허허 껄껄 깔깔!

세상은 온통 돈 새끼 치는 소리로 가득 차 딸랑딸랑
종이 짝 그림 물건들이 생물 인간 손에 갇히면서
까고, 까고 낄낄대며 미친 것들
용상에서도 깊은 토굴 속 금강석 금고 배 터지는 모양
소리가 덜덜덜 노름꾼들 나라로 가득 찬 쥐새끼들
무이자, 무이자 사기치자사기치자!

나라 안팎 돈 새끼 치는 기술로 삶 본새 어딘가 떠내려간다.
가고 또 가고 좔좔좔 억억억 돈이 불어!
붇고 불어 세상은 시커멓게 하늘도 땅도 다 시커멓고
뻥 뚫린 가슴 바래간다.

'아아 언제 이 삐걱거리는 가슴 그치려는지
언제 부서진 의자는 평안을 주려는지?'

페르시안 고양이 한 마리
시커먼 누리에 앉아 한숨짓는다.

2007년 6월 18일 월요일 저녁, 서하리 글방.

오늘 「동서고전 특강1」 기말고사 끝내고 집에 왔다. 내일은 연세대 학생들이 우리 집에 오기로 한 날이다. 이은경과 그 친구들 서너 명이다. 나를 보고 싶어 하는 젊은 아이들이 있다? 그럴듯한 인생이지!

마침 오늘은 광주 5일장 날이다. 아내와 광주 시장에서 만나 돼지고기 짐을 지고 땀깨나 흘렸다. 조그만 아내가 짊어진 커다란 등 가방을 보니 어찌나 마음이 아리던지 원! 양복 윗도리를 벗어 제치고 내가 그걸 메고 집엘 왔다. 파도 한 단 따로 샀다.

내일은 모든 기말고사가 다 끝난다. 방학이로구나! 뜨거운 방학! 요즘 나라 안팎은 온통 사채 이자 광고로 시끌시끌하다. 나라가 모두 투기꾼 노름판이다. 공영방송이든 지하철 광고판이든 가리지 않고 돈 새끼 치는 이야기다. 엄청 분하다! 도대체 왜들 이렇게 돌아버렸을까? 돈이 새끼를 치다니 원! 참된 사용가치가 교환가치로 바뀐 더러워진 뭐라고? 그런데 이 시대 우리 삶 판 속에 들어앉은 자본주의가 본시 그런 거라면서 들! 웬 개떡 같은 수작들인지? 엘리엇의 「페르시안 고양이」 한 구절이 생각난다.

377
비나리

비나이다. 비나이다. 천지신명이시어!
하느님이시어 땅님이시어 비나이다.
무릎 꿇어 비나이다. 비나이다!

오직 배운 건 가르치는 일
내게 배우고 때때로 찾아와 선생님! 선생님으로 나를 부르는 아이들이 아주 많이 있습니다.
청청한 하늘처럼 맑고 깨끗한 저 아이 빛나는 별들
그 고운 눈매의 처녀아이들 깔깔대는 저 웃음
그 소리 고대로 간직하여 나이 하나둘씩 먹되
신랑 신부 만나 아이 낳고,
행여 사는 일 어둡거나 힘들더라도
저 웃음만은 지켜주소서, 지켜주소서!

저 아이들 늙어 꼬부라져도 저 청청한 웃음 입에 달고
남 앞에 맑고 밝은 얼굴 지키도록 천지신명이시어!
하느님, 땅님이시어 굽어 살피소서!
굽어살피소서!

2007년 6월 20일 수요일 오전 서하리 글방.

아내는 처제가 일본에서 온다고 거길 갔다. 형제애가 참 부럽다.

어제는 연대 학생들이 왔다갔다. 원주에서 국문학과를 수료하고 신촌에 와서 사회학을 공부하고 있는 이은경! 선생님 덕분에 살고 있고 공부도 하고 있노라고 단언하는 아이다! 시를 아주 잘 쓰는 아이. 얘가 지지난 주에 느닷없이 내가 보고 싶다고 해서 날짜를 잡아 아이들을 데리고 왔는데 모두 내게 강의를 네 학기 이상씩 들은 아이들이다. 박은정, 최정, 얘들도 나를 생각하는 마음이 만만치가 않다. 어쩌나? 이들에게 고기를 구워 먹였는데 어찌나 맛있게들 먹는지 눈물이 나올 지경이었다.

박경혜 선생님, 백규서 사장까지 와서 차 핑계로 술은 삼가면서 뜨거운 불가에 앉아 녹두 부침개와 돼지고기 토마토, 버섯을 구워 그걸 안주삼아 술들도 어지간히 마셨다. 박경혜 선생께도 배운 아이들이라 박 선생 그윽한 눈초리로 술 취하는 나와 아이들을 지켜보고 걔들 집에 가는 발걸음이 되어 주셨다. 미안하고 그저 고맙고 애련한 사람! 백규서는 또 어떤가? 30여년 세월 저쪽부터 만나 술을 마셨는데 어제는 술도 못 마시면서 그냥 온 것이다. 핑게는 만우 박영준 선생 문집 원고 청탁 문제 상의 차였지만 그 다정한 마음 씀이 진국이다.

은경이 은정이 술 실력은 대단히 진취하였다. 그동안 아르바이트 하면서 번 돈으로 데낄라로 실력을 배양하였다 한다. 으이구! 귀여운 것들, 재들 웃음소리가 그렇게 맑았다. 까르르 까르르 달콤한 저 웃음이 저들을 평생 지켜주기를 빈다.

토요일에는 김정옥 선생이 이소영과 함께 온다고 하였고, 일요일에는 세종대 아이들 여나문 명과 연대 러시아 문학과 학생 강수진을 불렀다. 모두 내게 배운 아이들이라서 그들을 보면 늘 마음이 짠하다. 자식 같은 아이들! 무슨 업이 있어 저들을 그리 사랑하게 되는지 원!

378

비 내리는 서하리

서하리에 비가 내린다.

기다리던 비 기다림에 지쳐 이미
완두 콩 가녀린 싹 위에 도톰한 씨앗 매달고는 노랗게 말라
참을 수 없던 비 더는 기다리지 못하고 죽었다.

비 내리는 서하리, 서쪽 안개 마을
해는 잠시 구름 속에 숨어 비 내리는 대길 날
식물들 숨 쉬는 구멍 속에 숨길 터
의젓하게 대지 위에 앉아 있다.

온 봄, 여름 내 메마른 땅 속에 묻혀 습기를 기다리던 생강
그 싹도 이제 배시시 웃으며 고개를 틀고
여기 저기 한숨으로 지낸 나날들 날려 비오는 날의 풀들
긴 기지개 뿌리에게 보내 노래로 부른다.

비다 비가 온다, 드디어 비가 온다.
네가 그걸 어찌 알랴
행여 풀들이 기다리던 비 내음 어떤 것인지 네가 알랴

서하리에 비는 내리고 풀들 소곤대며 짓는 소리
너른 들판 추적이며 덮어 내린다.

긴 그리움의 비, 서하리에 비가 내린다.

2007년 6월 21일 목요일, 서하리 글방.

벌써 오후다. 어제 일본 처제가 와서 자고 아침에 친구 김희정 씨네 집으로 갔다. 부잣집 부인이었던 친구가 몸에 병 손님이 들었다고 한다. 수술 전에 와서 위로하고 내일 간다고 한다.

나이가 들면서 이들 정숙처제이와 연희아내가 서로 다정하게 보살피는 살이가 아름다워 보인다. 드디어 기다리던 비가 오기 시작은 하였는데 별로 흡족하지가 않다. 그래도 비가 오니 기분은 좋다. 좀 더 오기를 기다리는 날이다.

379
손톱에 낀 까만

손톱에 낀 때만도 못한 놈!
누가? 거 왜 그런 놈들 많지 않던?

아침에 일어나 손톱을 보니 그 끝 까매져서
내가 너무 산삼을 즐겼나 반성한다.

비나리로 빌던 아이들
우리 집 서하리 가득 가득 모여 비 맞던 텃밭 산삼 밭 헤매며
상추다 비트다 당근 조선배추 잎 뜯어 입맛
버린 아이들 맛보게 손톱 좀 썼더니
글쎄다 손톱이 까맣게 땐지 먼지, 우주에 가득 들어
물든 채 부끄러운 눈길로 나를 본다.
빤한 손톱의 눈길!

그 손톱에 낀 때가 정말 더러운가?
아이들 모두 고개 살래, 살래 저으며 아니다! 거 참!

하루해가 그렇게 이울고
내 집에 모여 깔깔대며 웃던 아이들 아아

다 큰 처녀들 그 웃음소리
지붕을 울리고 내 손톱 비록 까매져도 나는
복을 두고 간 저들 입맛 살린 즐거운 노역으로
오늘 하루가 또 내 삶의 이 편한 날 가득 차게
잘 살았음을 알겠구나!

2007년 6월 25일 월요일, 서하리 글방.

어제 드디어 벼르던 세종대 학생들이 우리 집에 왔다. 첫차 편으로 온 국문학과 학생들 임주환, 주정현, 권혁복, 전소라. 다음 차로 온 학생들이 김재현, 김정하, 고재웅, 자동차 사고로 콧뼈를 다친 김봉현 막차로 늦게 온 홍태선, 정나리, 그리고 문학개론을 들었던 한동훈 군들이 왔다. 최현정이까지 억지로 불러내어 흥겹게 저녁식사를 하며 억지로 술을 먹였다. 한동훈 군은 집에서 자고 있다.

김정하가 들고 온 장미 꽃 송이가 거실을 환하게 빛내고 있다. 사실 나는 사흘째 술을 마셨다. 지난 금요일엔 최인호 교수와 푸른사상사 한봉숙 사장과 박경혜 선생이 모여 막걸리에 삼합 안주로 아주 많이 취해 왔는데 토요일 바로 그 다음 날 수원 사는 김정옥 선생연대 교육대학원 출신 제자과 이소영, 한수현이 와서 또 와장창 마셨다.

그리고는 어제 일이다. 아침에 일어나 손톱을 보니 까맣다. 어제 야채를 뽑거나 따느라 손톱을 좀 썼더니 이렇다.

380

씨앗

'한 알의 씨앗이 땅에 떨어져 죽지 않으면'
씨앗이 왜 죽는다고 그렇게 호들갑들 떨어
성경이다 뭐다 지껄이는 사람들 입 꼬리 비틀까.

씨앗은 결코 죽지 않는다.

그늘진 텃밭 한 모퉁이에 줄줄이 싹 틔운 조선배추
그 씨앗들 파랗게 푸른 생명으로 바뀌어 눈을 찌른다.

한 해 겨울 그 추위 온몸으로 견디자
너는 노란 꽃잎으로 치솟아 나비 벌들 불러
온 봄내 잔치로 번쩍이다가 입 다문 채
씨앗들로 영글어 툭 툭 터지는 몸통 속에 생명 감추었다가 서툰
그 서툰 농부 손길 따라 끌려가면서 툭 툭 터트린
조무래기들 오늘 그늘진 텃밭에 저런 생명
푸르른 잎들로 하늘을 이는구나!

씨앗이 결코 죽지 않음을 오늘 보았고
그렇게 줄줄이 늘어선 여린 잎들의 함성소리

귓가에 맴돌아 아침 눈길을 가로막는다.

모든 씨앗! 씨 아아아 씨앗은 죽지 않는 거로구나!

2007년 6월 26일 화요일 아침, 서하리 글방.

어제는 하루 종일 빌빌대며 뒹굴었다. 아내는 광주에 나가 밀린 일들을 하느라 그 또한 하루 반은 외출 중이었다.

지난 주 토요일 고려대 최동호 대학원장으로부터 부탁 전화 받았던 걸 까맣게 까먹고 있었는데, 김문주金文柱 박사 추천서를 써 놓고 기다렸다가 그가 와서 긴 오후를 보냈다. 부산 동의대학교 문예창작과 비평 전공 교수 모집 공고가 난 모양이었다. 마침 정찬 선생이 지난 학기에 거길 가 계시니 최 박사가 내게 추천서를 쓰게 한 모양이다. 저녁 식사를 함께 하였는데 어찌나 음식을 맛있게 들던지 마음에 꼭 들었다. 좋은 인자라! 튼튼한 씨앗이라는 뜻!

아침에 일어나 밖엘 나가니 쬐끄만 조선배추 씨앗들이 앙증맞은 싹을 틔워 모래밭 가득 채우고 있다. 씨앗이란 놈들, 그들의 말리기 어려운 생명력에 반하다.

세종대 성적들을 올려놓았다. 수정 기간이 또 있을 터이니 긴장은 풀 수가 없겠지!

381
외발 짐수레

쓰레기, 아아 저 유리병, 플라스틱 병, 달걀 팩
공장과 닭장 모두 비워
비닐 현란한 포장지 먹고 즐기고 손님치레
모든 삶이 쓰레기로 가득 찬 외발 짐수레 뒤뚱대며 고샅길 걷는다.

해는 서산에 기울고 꽁무니엔 아내, 보름에 다가서는 둥근 달 바라보며 서성서성
그 달 뒤에 또 한 부부 주름진 얼굴 들판 길 돌아오며 외발 짐수레에 실은 토마토 한 아름
이 쪽 빈 외발 쓰레기 담았던 수레에 싣는다.

아이구 어쩌나, 왜 이리 힘들게 농사지은 이 많은 토마토를!
어리둥절한 우리 부부 빤히 올려다보며 인정이 아직 시골길 고샅에 남아 있다고 고개 끄덕인다.

길은 시골 고샅길 해 저물며
달은 어스름 발걸음 비추어
외발 짐수레에 담긴 마음들

웃음 사다리로 매단 채 빙긋 떠있다.

2007년 6월 27일 수요일.

새벽 4시를 넘어가는 서하리 글방이다. 어제 저녁나절 쓰레기를 치우러 아내와 함께 외발 짐수레를 끌고 갔다가 커다란 토마토 한 보따리를 얻어왔다. 마을에 사는 꽃 아주머니 부부 햇볕에 그을은 싱싱한 검은 얼굴로 활짝 웃으며, 몸체가 너무 크고 꼭지에 테를 두른 토마토가 상품이 안 된다고 여겨서인지, 약간 덜 익은 토마토를 한 수레 따오다가 마을 고샅에서 만난 우리 부부에게 한 아름 안긴 것이다. 귓속말로 한 말씀 하시니 '덜 좋은 토마토 드렸다고 흉이나 보지 마슈!' 히야!

나는 집에 오자마자 이 큰 토마토, 두 주먹 크기는 되는 애들을 씻어 소금을 뿌리고 장아찌를 담겠다고 기염을 토한다. 장아찌 류를 별로 대수로운 음식으로 여기지 않는 아내다! 그도 어쩔 수 없이 내가 펴 보여주는 장아찌 만드는 법을 읽으며 소금을 뿌린다. 서하리 마을 푸짐한 인정에 소금까지 쳤으니 하루 삶이 짱이다! 잊을 수가 없어 밤잠을 약간 덜어 이렇게 기록한다.

382
그리운 이들의 나이, 시간

그리운 것들은 나이를 먹는다.

그리운 이들이 나이를 먹어
그리운 몸짓들로 가득 차
그 눈빛 속에 내가 살았음을 알겠네.

그리운 눈빛과 소리
그윽한 냄새,
시간이 먹고 간 아득한 저
자리에 내가 앉아
속절없는 그리움 먹고 있었구나!

2007년 7월 4일 수요일 밤, 서하리 글방.

지난주는 그리움으로 그득 찬 나날들이었다. 지난 금요일이었나? 최인호 교수가 약속으로 만들었던 자리가 푸른사상사 한봉숙 사장도 최인호 교수도 못 오고 오직 박경혜 선생만 비오는 찻길을 달려 왔다.

김명숙 경위와 그 친구들도 못 오고, 김의규·구자명 부부, 큰 딸 부부, 아내 이렇게 철판에 고기를 구워 먹고 있는데 임근배 사장과 먼 길로부터 화가 조광호 신부님이 나타났다.

마시고, 마시고 또 마시고 굽고 먹고 마시다가 떠들었는데 자리를 옮겨 사랑채에 가서도 깔깔깔, 아내까지도 깔깔깔! 어느샌가 박경혜 선생이 슬그머니 자리를 떴다. 그가 떠나고 나서 한참을 더 떠들고 마시다가 눈을 붙이려고 와서, 아주 쬐금 눈을 붙이려고, 잠든 아내에게 물어보니 그 때가 벌써 새벽 5시다.

6월 30일 아점을 먹었다. 눈물로 긴 이야기를 잇다가 김의규 아우 부부는 그리움만 떨구어 놓고 가버렸다. 아내는 친구 송의진 딸 혼인식에 갔고 나는 곯아떨어졌는데 오후 4시경 원주 진광중학교에서 가르쳤던 옛 제자 천옥현과 최정임이 집에 들르겠다고 한다. 7시경 집에 온 그들을 데리고 오리구이 집에 가서 저녁을 먹었는데 바로 그 다음 날 일요일이 진광중학교 4회 졸업생 모임이니 가잔다. 자기들이 모시러 온다고라!

천옥현이 동료 선생 전표열 선생을 싣고 1일 아침 7시 40분경에 우리 집엘 왔다. 천옥현, 최정임 모두 성공한 부부생활을 하는 중년부인들이다! 쉰 두 살짜리 옛 제자들 모임으로 원주 간현 근방에 모였는데 모두 그리운 사람들이었다. 장화순 교장 선생님! 정말 존경할만한 스승! 이계열 교장, 손병희 선생, 김용현 교장선생, 조광회 교육장 조호식 체육선생, 그리고는 제자들! 변영순, 김성실, 등 50대 제자들이 모여 보신탕 고기로 점심을 먹었다.

오는 길은 또 다시 천옥현 차로 최정임과 셋이서 왔다. 쉬는 시간을 내어 긴 이야기로 이 날을 기렸다. 그리움이 시간을 좀먹는 그런 만남이었다.

내 삶은 이렇게 그리움으로 켜켜이 쌓여 시간을 좀먹었음을 알겠더라. 지금은 몸이 좀 쉬란다. 왼쪽 어깨도 더 아프고 해서 어제는 경희의료원에 가서 침을 맞았다. 그래도 아프다. 아플 테면 아파봐라다!

낮에는 박경혜 선생과 통화하였고, 저녁나절 김화영 교수에게 전화하니 받지 않는다. 오늘 다음 학기 전공 선택과목 「한국현대문학사」 실러버스를 완성하여 보냈다. 성적 처리도 마감! 『문학나무』에 청탁받은 시 열 편 보냈다. 박경혜 선생께 부탁하여 뽑은 시들이다. 저녁에 김명숙 경위로부터 전화가 와서는 인사동 안착 이야기로 약을 올린다. 윤영미문화관광부 직원 씨와 함께 있다고 한다. 즐거운 저녁이기를!

383

나그네

서둘러 이곳저곳 떠다니는 그대
파도소리도 무서운 바람 소리도 그대 귓전에 단 채
이리저리 떠도는 나그네
기웃기웃 남의 문지방 너머 그곳
금광이라도 있나 석유라도 나오나.
떠돌며 떠도는 나그네

얼마나 많이 팔아 그대
그게 그대가 팔고 다닌 민주주의
좌판이 너덜너덜해졌구나!

푸른 눈 하얀 얼굴
기웃기웃 넘고 바다 내도 건너
여기저기 엔간히도 떠도는구나.

긴 나루터에 앉아 파이프라도 입에 물고
그대가 쉬는 동안 그대 뿌린 바이러스 풀은 여전히 자라
떠도는 그대 비웃어 가로되
그만 떠돌고 가라, 네 집으로 가라

요즘 나그네는 외롭다.

조선에는 그래도 그대 흰 나그네
반기는 숙주들 많아 아직은 덜 외롭겠구나!

그래도 이제 그만 나그네 그대
가라, 가라 대포 포탄 모두 거두어 들고
싸움질 부추기던 그 달변
무기장사 나그네,
영어, 과학, 사기술 모두 거두어 메고
가라가라, 가라가라 가라가 가거라!

2007년 7월 6일 금요일 아침, 서하리 글방.

어제 저녁에는 어머니 제사를 술 안 취한 상태로 모셨더니 막내둥이가 한마디 한다. 웬일로 아빠가 맑은 정신으로 할머니 제사를 모시느냐고! 할 말이 없다. 그 핑계로 이 아이 반바지 차림으로 제사 절을 올리면서 가로되; '할머니니까 다 이해하실 거야!' 다 내 탓이다. 내가 해 온 짓이었으니까!

오늘은 광주에 가서 침 맞고 서울 가서 김철수 피부과에 들러 볼까 한다. 서하리 나그네가 아침에 중얼거린다.

384
6월 꾀꼬리 소리 밧줄에 묶여

아침잠은 소리, 소리 가득 찬 방안에 누워
오늘은 꾀꼬리 저 혀 굴리는 짓 맑고 밝아라,
그윽한 웃음
그물로 덮인 소리 밧줄에 묶여
마당 뒤덮는 커다란 소리 그물
꼼짝달싹할 힘조차 잃겠네!

2007년 7월 7일 토요일 아침, 서하리 글방.

이즈음 꾀꼬리 소리는 우렁차기보다는 감미롭고 황홀하다. 왜 그럴까? 아마 새끼들을 다 까서 잘들 길러낸 모양이다. 그렇기에 저렇게 감미롭고 달콤한 소리 그물로 나를 덮어씌우고는 꼼짝달싹할 힘조차 빼앗아 버리잖나?

어제 얼굴에 점들을 몇 개 태웠다. 김철수 피부과 의사, 돈을 받지 않았다. 연대 출신에다가 하 오래 만난 인연인지라 기쁘게 그냥 손을 대 준다. 오늘도 병원엘 들러야 하고, 광주 한방병원에도 들르고 전표열 선생, 천옥현, 최정임이 집에 온다고 하니 준비해야 한다. 바쁜 날이 될 판이다.

아침에 서울경찰청 김정렬 조카와 통화하였다. 김명숙을 위해 뭔가 훈수를 좀 두고 싶어서였다.

385
꾀꼬리 밧줄

아침부터 꾀꼬리는 힘찬 밧줄로
온 마을 묶어 떠돌다 어느덧
내 허리를 감는구나!

허리에서 가슴께로 올라와
머리와 입술을 간질이다가 온통
달콤한 소리로 귀청을 치면
더는 일어날 기운도 빠져
온 몸에 감긴 저 소리
꾀꼴 꾀꼴, 꾀에꼴!

저 소리 밧줄에 묶여
아침 7월 달콤한 잠 저절로 깊어
깊은 우물 속 더욱 깊어지겠네!

2007년 7월 14일 토요일 아침, 서하리 글방.

오랜만에 이 책상에 앉았다. 그만큼 부산한 나날들을 보냈다는 뜻이다.

그저께 바로 12일엔 독일 화가 노은님이 와서 아내와 함께 화랑에 가서 만나다. 반가운 포옹. 화려한 빛과 물상들이 눈을 휘둥그레 뜨게 하였다. 그것도 노란 딱지를 다 붙인 상태였다. 그림들이 다 팔렸단다.

반가운 사람들도 다 만났다. 그의 언니 노신자, 미국 사는 여동생 노은님 옆에 딱 붙어 다니는 재벌 이건희 회장 부인 홍나희 여사가 한다는 한솔제지 문화재단 과장 권진성 군과 작년에 혼인하였다는 부인 최소연 판사 후보생연수원에 있단다, 조선일보 정중헌 동문 등을 만났다.

제자들인 최정임과 천옥현이 와서 함께 저녁식사를 마치고는, '세꼬시 회'라는 말로 유혹한 백규서 사장을 따라 이차로 강남 어느 거창한 왜식집에 와서 배가 터지도록 거창한 생선회들을 먹었다. 모두 여섯 명이었다. 천옥현이 낸 대접이었다.

광주 우리 집까지 '모셔다 주려고(?)' 술을 삼가는 천옥현! 미쁘지만 강권하여 술을 먹이고 떨어뜨렸다. 그렇게 먹고 마시고 집에 오니 온통 배가 불러 옴짝할 수조차 없다. 지난 주 7일 전표열 선생이 옥현이와 정임을 데리고 와서 모기깨나 물리면서 먹었던 고기와 술 후유증이 가시기도 전이다.

옥현이들이 맛있다고 권한 보드카에 소다수 탄 술을 마음 놓고 먹다가 나는 버릇대로 엄청난 과음으로 갔다. 일주일 내내 아내로부터 냉대를 받다가 겨우 깨어난 상태였던 그저께였다.

전표열 선생을 나는 이제껏 동년배로 알고 있었다. 그만큼 친숙한 관계였겠지. 꾀꼬리 이야기를 하였더니 그 시를 좀 보여 달란다. 먼저 쓴 것이 마음에 덜 차 이렇게 다시 정리하다. 칸트의 이성 이야기를 시로 쓰려고 여길 왔다가 샛길로 빠진 것이다.

386

느껴 알기, 따지기와 바람

아하 맞다 그렇게 너는 거기
서서 일본 앞바다를 지난다던 쌩쌩 몰아치는 폭풍으로
때론 캄캄한 어둠 속 우물처럼 내 몸 옆에 눕거나 감겨
뜨거운 여름 서늘하게도 하고, 하고, 하고……,
느낌은 여러 때깔로 덥거나 춥게 저 두려운 우우 폭풍우
두려움으로 떨게 하다가, 하다가 그게 내 앞에 마주선 너였구나!
너는 우주라는 망망한 마음 끝 바다 저 아득한 끝으로 내 한살이 끝
시공이 다 녹아 흘러내리는 내 앞 뒤를 그렇게 알리는구나.

무서워! 무서워! 아악 몸서리 쳐!

무서움을 알고 나면 이제 너는 나를 곰곰
생각에 돌 빠뜨려 따지고 따져 보아도 나는
그저 쓸모 모를 한 티끌
이리저리 흣날리던 먼지였더구나.

이제 바라는 것 모두 티끌 먼지로

사라질 그런 욕망과 바라는 사람 그리움
그리움만으로 남아 속절없는 눈빛 휘날리는구나!

2007년 7월 14일 토요일.

새벽 참에 여길 와서 단숨에 이런 글을 남긴다. 오늘이 토요일이다. 어제는 광주 장날이어서 오후 막내둥이 차로 경희의료원에 가서 왼편 어깨에 침을 맞았다.

먼 곳 미국으로부터 온 대학동창 오원미 씨, 캐나다에 둥지를 튼 대학동창 박순영 씨를 만나러 동창회 모임에 간 아내를 막내 딸과 기다렸다가 함께 들어왔다.

피부비뇨기과 의사 김철수 원장에게 보내느라 그 둘째 아들 김승엽 군에게 보낸 윤동주 시집이 되돌아와 그걸 다시 부쳤다.

그저께 이상규 원장에게 전화를 시도하다가 실패하였고 김옥순 박사는 어제 그리스에 갔다. 유재원 박사를 따라 간 여행길이다. 그이 말에 의하면 여행에는 두 종류가 있다고 한다. '유재원과 함께 가는 여행과 그렇지 못한 여행' 말이다. 그는 천재인가 재사인가? 천재가 재사되는 것은 여반장이렸다. 유재원 박사에게 특별 보호 부탁 전화를 하라는 박경혜 선생의 귀띔을 잘 수행하였다.

아하, 지난 수요일 밤에 있었던 김정렬 경정과 김명숙 씨 만남 이야기도 있다. 같은 조직 안에 있는 사람들을 만나게 한다는 건 참 힘든 것이다. 김명숙 씨가 어찌나 쑥스럽고 부끄러워하던지 나도 깊이 마음 아팠다. 이경숙 집 '울력'에서 만났는데 글쎄 맥주가 다 떨어졌다고 소주를 내놓는다. 그걸 너무 마셨더니 꽤나 취했다. 김명숙 씨는 씨대로 화를 참으며 낸다. 내 호의가 준 남의 상처! 나도 아프다. 그래도 오늘 우리 집에 온다던 약속을 못 지킨다고 통고한다. 아버지가 쓰러지셨단다.

여주 작은 어머니도 찾아뵈어야 한다. 숙모님이 치매 증세가 있다고 김천열 고종형님이 통고한다.

글은 언제 다 쓰나? 시작만 한 글이 우선 나를 기다린다. 어제 박기동 선생과 만우 기념문집 원고 모집 문제로 긴 이야기를 마쳤다.

2부

식민지 시인들…?

387

개구리의 힘겨운 여행

천둥번개 치던 새벽 어스름
번쩍이며 어둠 가르는 번개하며
천지에 가득 찬 소리 우르릉 꽝꽝
외국인에게 땅 팔아주던 못된 꿈 바스라져
옆 방 딸아이 놀랄까 부스스 일어나 글방에 앉다.

부스스 일어나 불 켜진 이 글방에 나타난 막내딸
아빠 개구리 이야기 알아? 한다.
개구리라, 무슨 개구리?
어제 아침 늦은 출근 시간 대느라 급히 가다가
앞을 보니 손톱만한 청개구리
창유리에 납작 엎드려 붙은 시늉 몸짓으로 가리키며
이 개구리 분명 서하리 우리 집에서 붙었을 터
떨어질 새라 마음, 그 미쁜 마음 내 마음에 스며들다.

갈 길 바쁜 출근길
창유리에 바짝 웅크리고 붙어
긴 여행 끝 병원 뜰 풀밭에
고이 옮겨 놓고 곰곰 생각하니

이 개구리 웬 날벼락 이사길 얼마나 놀랐을까?
꼭두새벽에 이 이야기 시늉 섞어 말하며 깔깔깔
그 마음자리 고와 귀여운 내 딸
맑고 시원한 미쁨의 샘물 차오른다.

2007년 7월 19일 새벽, 서하리 글방.

어제 오후 이기상 교수가 그의 여동생 분과 구연상 박사와 함께 우리 집에 왔다. 대장암 수술을 위해 마음 준비 중인 이 꼿꼿한 철학자 괴산에 집 한 채를 계약하고 오는 길이라 했다.

돼지고기를 삶아 야채와 된장찌개를 대접하는 자리에서 청주 두 병을 먹다가 보니 내가 과식을 한 모양이다. 이기상 박사의 쾌유를 진심으로 빈다는 핑계로 너무 먹고 떠들었나 보다. 밤새 불편한 뱃속을 달래며 잠을 청하였는데, 천둥번개를 치며 소낙비가 내린다.

글방에 앉아 쓰던 글을 쓰는데 막내딸이 들어와 개구리 옮긴 이야기를 하며 웃는다. 다시 가 자게 한 다음 그 이야기를 여기 옮겨 놓는다.

그저께는 한학성 교수와 그의 유학 가는 제자들 정세훈 군과 류소진 양 부부를 만나 소주와 맥주를 섞어 마셨다. 좀 늦게 합석한 김명숙 경위와 또 많이 마시고 집에 왔다.

한한성 교수가 제자로부터 받은 양주를 내게 주어서 들고 왔는데 풀어보니 비싸다는 발렌타인 30년생이다. 서양 장사꾼들이 한국 사람들에게 비싸게 팔아넘기는 이런 류의 엉터리 장삿속을 길게 떠들었던 내 이야기가 모두 우습게 바뀐 꼴이다.

이날 밤도 꿈을 꾸었다. 서양인에게 땅을 파는 여주 천열이 형님을 도와 거간꾼 노릇을 내가 하였다. 깨고 보니 꿈인데 도대체 불쾌하기 짝이 없다. 한국 땅 요지가 서양인들에게 넘어간다는 소식도 들었던 참이라 더욱 불쾌하다. 이제 나도 잠을 자러 가야겠다.

388

사라진 닷새 저 무고한 날들의 흔적

밤새 집에 돌아오는 고단한 여로로 분주하였거니
그 꿈들 네 마음자리에 붙어 떨어지지 않는 자취
아무리 휘황한 보석 눈부심에도
놀라거나 부러워 해본 적도 없는 그 존귀함,
찾던 보석 이제 보니
네가 잃은 저 아득한 네 나날들이었구나!

낭떠러지 물길, 과감하게 치솟은 강원도
저 아득한
때론 구름으로 눈길 막아 어딘가 회의하러 떠나곤 하던
울울한 울산바위
그 뫼 둘러친 푸르름, 하며, 마음껏 먹어대던, 싱싱한 생명,
바다 속 물고기들 지금은 네 몸속 우물로 사라진
시간들 그렇게 저만큼 멀찍이 떨어져
네 꿈속 밭길 누비며 너를 헐떡이게 하였구나!

아침은 다시 네 앞에 얼굴 삐죽 내밀어
하루를 알리니 이제 일어나 네가 찾던 그 보물들 어디 갔는지
나날의 유리판에 떨어진 진주 찾듯 또 하루 네 보석 찾아

잔뜩 살아볼 일만 네 앞에 남았구나!
허허로운 네 삶이 그렇게 또다시 남아
너를 헐떡이게 하겠구나!

2007년 7월 25일 수요일.

아침 여섯시를 넘기며 서하리 글방에 앉아 있다. 밤에 여러 여로를 떠돌며 집을 찾아 나서는 동안 우락부락한 청년들의 눈 부라림과 시비를 피해 자주 헐떡이며 도망다니는 꿈을 꾸었다.

어제는 박경리 선생이 중앙아산병원에 입원하신 날이다. 지병 때문이 아니라 종합 진단을 위해 입원하셨다고 그저께 만난 최유찬 교수로부터 들었다.

그동안 나는 정말 헐떡이며 나날들을 날려버렸더라.

20일 서하리 집을 출발하여 사돈어른 고복영 내외 분, 고명딸 고은 양과 함께 설악산 대명 콘도미니엄으로 갔다. 늘 여행은 어설프다. 그런 어설픈 몸짓으로 아내와 나는 그윽한 산세에 끼어 지어놓은 거창한 빌딩 9층 방에 짐을 풀고 생선회를 떠다가 그야말로 포식과 과음 잔치를 벌였다.

가람이 남편 고훈이 취한 자리에서 복통으로 신음하기 시작하여 놀라다. 밤새 엉겁결 치료로 대강 가라앉았다. 사위 고훈의 눈이 그 참기 힘든 아픔을 말해주어 더욱 놀랐다!

늦게 차를 몰고 그곳에 온 새람이까지 합쳐 우리 두 가정은 화목을 다지기 위한 폭음과 절제 그 둘을 한꺼번에 치렀다. 21일 늦게 일어나 순두부찌개 백반으로 아침을 해결하고 두 자동차로 다닌 곳들이 지금도 머릿속을 가득 채워놓아 어지럽다. 김일성 별장과 이승만 별장, 이기붕 별장이 인상적이었다. 그야말로 조촐하고 겸허한 별장이라는 느낌이었다. 아내도 동감!

청남대지 무언지 하는 전두환과 그 하수 꼴통들의 별장을 들어 알고 있던 내겐 그 별장 규모가 충격적일 정도로 작고 초라한데 놀랐다. 그 때만해도 지도자들의 겸손이 살아 있었다는 이야긴가?

사돈 내외분들은 그 지난주에 아프리카 여행길에서 돌아온 지 불과 며칠이 되지 않은 상태였다. 그래도 섬세하고 씩씩하기가 그만인 분들!

21일 밤 콘도 방에서 최유찬 교수로부터 전화를 받았다. 23일 저녁 7시에 인사동에서 만나자는 전갈! 최동호 고려대학교 대학원장, 고형진 고려대 교수들이 최유찬 교수가 연세대학 문과대학 학장에 취임한 것을 축하하자는 모임 판! 23일 저녁 늦게까지 마신 50세주 하며 와인들이 나를 꼼짝 못하게 묶어 놓았다.

어제는 하루 종일 비가 오다 그쳤다 하는 날이어서 사진작가 시인인 박경혜 선생이 냉면을 사들고 달려와 한나절 온통 사진 찍기에 진력하다.

박경리 선생 병원 입원 계획을 미리 박 선생께 물어 보니 음색이 청청하시다. 다시 김영주 따님에게 전화하여 확실하게 그 일정을 알았다. 나는 도무지 움직일 수가 없어 마침 중앙아산병원을 설립한 재단에서 근무하는 새람이에게 부탁하여 문안인사를 드렸다.

새람이와 함께 이야기하면 웃을 일 하나가 추가다! 어젯밤에는 밤늦게까지 새람이 방에 불이 켜있었다. 옆 집 현정이가 왔다 한다.

389

분노 악령

나라 안팎 온통 분노 악령이 떠돌고 떠돌아
저 아프간 산악지역 탈레반 한국 선교
젊은이들 스물세 명 인질 잡아
배영규 목사는 이미 사살되어 죽었다고
나라 안팎
미국 정부 침묵 속에 떠들썩하구나!

아프간에 파병한 한국군
이라크에도 나아가 아아
대한민국, 나라 세력
커졌는지 분노만 키웠는지
용병으로, 용병으로 아아 용병
통곡이 나라를 가득 채워 물결 출렁이듯
사람들 어리둥절 낯빛 어리벙벙한 채
책임 안 지는 미국, 악령으로 살아
지구 곳곳 성조기만 펄럭이며
분노와 살육, 통곡으로 가득가득 채우는구나!

2007년 7월 27일 밤.

자정을 바라보며 서하리 글방에 앉아 있다. 어제 아내 대학동창생들이 우리 집에 모여 걸판진 웃음소리를 가득 채워놓고 오늘 돌아갔다. 작년에 캐나다 빅토리아 어디로 이민을 떠난 친구 박순영이 잠시 귀국한 틈을 내어 친구들과 우리 집에 온 것이다. 청주 어느 중고등학교 교장으로 바쁜 안혜숙, 조혜선, 손광자, 유정미, 방선희 모두 다섯 친구들! 서울여자대학교 초창기는 그렇게 화려한 교육을 실시하였다. 오두막 공동생활로 친구들을 서로 깊이 사귀게 하고 복된 삶을 논의케 하던 참교육의 결실이 그렇게 모여 내 눈을 휘황하게 하였다. 나이 60을 넘긴 옛 친구들이 모여 깔깔대며 즐겁게 이야기하는 장면은 참 아름다웠다. 나도 덩달아 끼어들어 술을 마시다가 과음으로 치달았다.

지난 24일부터 각종 매체는 아프가니스탄 탈레반 테러리스트들에게 인질로 잡힌 스물세 명에 대한 안위 문제로 나라가 온통 떠들썩하다. 그런데 온 국민은 모두 냉담해 보인다. 먼 나라 이야기일 뿐이라는 생각들! 미국 정권 장악자들이 시켜 내보낸 아프간, 이라크 한국군 파병은 처음부터 이런 위험을 안고 한 일이었다. 노무현 대통령의 미국 눈치 보기의 절정이 이 파병이었다. 에프티에이도 그렇고! 별 볼일 없는 대통령이라는 인식을 내게 심어준 정치적 결정들! 미국은 테러와의 협상이란 없다는 거만한 제국주의자 말로 침묵하고 있다. 양키 식 천박한 오만은 미국을 점점 도덕적 흙탕물로 만들어 가고!

그리스에 여행을 떠났던 김옥순 박사로부터 전화를 받았다. 8월 16일 국립국어원장 이상규 박사와 회동하자는 전갈. 5시 반에 만나기로 약속! 나라가 이렇게 어수선한데 내 마음 또한 불안하기 짝이 없다.

옛 제자 천옥현이 내 시집 『흰 방울새와 최익현』을 100부 출판사에 주문한 모양이다. 내 시를 좋게 읽었노라, 동창들에게 사 돌리겠다는 말! 내 시집 읽고 답답하다고 했다. 내 삶의 간구함 때문이었겠지! 부끄럽고 창피할 뿐! 또 고맙기도!

390

청산별곡 둘

살어리, 살어리 살어리랏다
청산애 살어리랏다
어젯밤 너는 다시 네 집 찾아
긴 길 떠도는 꿈, 집 가는 길 왜 그리 길기만 한 지
수상한 꿈속에서 아버지도 만나 어려운 돈 이야기,
좀 돌릴 수 없느냐는 물음에 손사래 치던 아버지
멀위란 ᄃᆞ래랑 먹고 청산애 살어리랏다

어듸라 더디던 돌코 누리라 마치던 돌코
믜리도 괴리도 업시
마자셔 우니노라 아아 네가 맞는 돌
꿈속에도 찾아와 너를 울리는구나!

애타게 찾던 아내마저 옆 자리에 누웠으되
그리 먼 저 쪽 어딘가 아득한데
편하다던 손 전화마저 쓸모없는 불구, 불구
ᄂᆞᄆᆞ자기 구조개랑 먹고 바ᄅᆞ래 살어리랏다

너는 이제 청산도 깊고 깊은 청산

외로움 구렁 속에 누워 가다니, 가다니 배부른 독
살진 강술 익어 시시 때때 네 몸 사로잡아도
청산은 없고 푸르른 설음만 남아 잠조차
너를 걱정 근심으로 뒤척이게 하는구나!

아아 산은 산이로되 평안을 주는 산
그 산, 청산 까마득한 길 낭떨어져 어둡고 아득한 저 곳
울어라, 울어라 새여 자고 일어나 울어라 새여
그럭저럭 밤낮 지새우며 새여 불안한 새
네 밤잠 평안할 날 그리며 울어라 새여!

2007년 7월 28일 토요일 아침, 서하리 글방.

그저께 마신 술로 마음이 흩어져서 어제도 글을 못 쓴 채 뒤척이다가 겨우 잠들었는데 또 꿈을 꾸었다. 번번이 집을 찾아오는 길 찾기 꿈이다. 손전화로 아내를 찾는데 간편 번호가 6번이어서 그걸 자꾸 눌러도 불통. 어느 냇가에서 생부를 만나 쭈뼛쭈뼛 다가가 돈 좀 돌릴 수 없느냐고 묻자 그 어른의 독특한 눈빛으로 손사레를 치신다. 아무렴 그러시겠지! 그 어른의 그 아들 아니겠는가? 인사하고 돌아섰는데 집은 못 찾은 채 꿈이 깨었다.

내일이면 손영목, 한 때 그렇게 날리시던 장인이 돌아가신 날이다. 그래서 오늘이 그 어른 1주기일이다. 처남도 만난지 하 오래고, 걱정 근심 덩어리들 모임으로 오늘은 처남 집 안산 어딘가 거길 가기로 한다.

이기상 박사가 수술 한다고 한 날이다. 격려 문자만 보냈다. 이 글 쓰는 도중에 다시 전화로 격려하다.

구연상 박사와도 통화, 〈우학모〉 학술발표대회 문제! 돈도 모레 부치겠노라고! 김병모 박사와도 통화, 〈우학모〉 발제를 부탁하니 8월23일에는 비엔나에 가 있다고, 〈우학모〉 다음 발제자로 응락!

391
별은 숨어 지내는구나, 너 빛나는 별아

별은 낮에도 숨어 눈 흘기듯
네 가슴 어딘가 빛을 보내고 있다.

너는 그 빛 없어 아쉽고 아쉬운 나날
네 소식 기다리다 지쳐
장마 비 맞는 상추 잎 시들듯
한 잎 두 잎 시들다가 휘어져
네 청청한 허리들 녹아 다 시울어 가는구나!

별은 그러나 네 가슴 어디
변함없는 흐름으로 빛 바라는 네게 와 있거니!

아가야 울지 말거라 그리고 네 엄마 가슴
저고리 깃 방울져 내리는 눈물
머지않아 맑은 웃음으로 씻겨 가리니
아가야 울지 말거라!

별은 어딘가 네 가슴 언저리에 와 있거니!

2007년 7월 29일 아침, 서하리 글방.

어제는 안산 지역에 사는 처남 집에 들러 장인의 1년 상 제사를 지내고 왔다. 왕복거리 꼬박 5시간. 한 때 그렇게 휘황한 별빛으로 빛나는 의기와 꿈으로 빛을 주던 손정박, 처남이 나이 들자 65세가 넘은 나이로 고된 일을 맡아 호구지책에 전념하고 있었다.

우리 집도 마찬가지 형편이다. 연세대학교 총장에게서는 소식이 끊겼고 오리무중 상태이다. 해준다, 해준다 하면서 묵묵부답이다. 명예교수로 되돌리는 문제와 보상금 지급 문제가 둘로 갈라졌다는 교무처장의 말만 들었는데, 그리고 총장에게서 직접 그 문제 해결하겠다고 저 지난 주에 들었는데 역시 무소식! 총장 결단이 있어야 되는 문제인데 정 총장은 내 문제에 대해서 유유자적이다. 내 진기를 다 떨어뜨릴 심산인 모양이다.

새람이가 모았던 돈을 빚내어, 그동안 짐 졌던 빚 갚은 2천만 원을 이번에 그 보상금이 나오면 갚아 주기로 약속하였는데, 또 다시 무소식이니 이 아이가 다시 입을 닫고 마음의 어둠속에 갇혀 있다. 대학 졸업 이후 힘들게 저 먼 아프리카에까지 가서 벌어 아껴 모았던 돈을 아비 어미 빚 갚는데 홀랑 써버렸으니, 그 아이는 얼마나 죽을 맛일까! 나도 문제다. 급한 빚 독촉에 공금을 5백만 원 썼는데 그걸 곧 막아야 한다. 답답한 이 마음이 아내에게도 자식에게도 간 것이다. 그래서 우리 집은 좀 많이 어둡다. 정창영 총장! 그대가 나의 별인가? 허허 그것 참 기분 시궁창이다. 왜 이러는지 좀 말이나 해주지 원!

쓰던 「날개론」 원고를 다시 쓰기 시작해야 하겠지! 연세대학교 매지 문학상 심사할 많은 원고들을 다 읽었다. 그 일도 오늘 중으로 끝내야 한다.

392

아내는 모기일터에서 땀깨나 흘리고

사방은 정말 조용하다, 어제 지하철 안에서 듣던 찌익, 찌익
술 취한 웅변가의 도저한 기염 소리 시끌벅적
문명의 귀 잡아 째던 소리 여기는 없다.

시름이 여름 무더위를 이기나보다.

아내의 낫 부리는 소리 쓱싹쓱싹
일요일 아침 서하리 모기들 풀밭 둥지 삼아
아내나 때론 네가 나오기를 기다린다.

꽃 대궁이고 뭐고, 점잖은 나무들 감고, 조이며 칭칭 울울 창창
칡넝쿨, 문명만큼이나 푸진 모기들 깔따구까지 모아 모여
아내 주변 맴돌던 서방 종아리에도 새까맣게
대롱에 피 뽑는 일, 아아 모기 닮은 과학 지구 겉 속 빨듯
벌겋게 물어 빠는구나. 빨아라 빨어!

아내는 서툰 낫질로 땀범벅 쓱쓱 싹싹 칡넝쿨

긴 줄 잇댄 칭칭 모기일터 밭일 나간 아내 보는 서방

허생도 아니고 태공망도 아닌 망상의 게으름꾼 너
조 비비듯 7월 한낮 시름이 너를 땀나게 하는구나!

네 마음은 뽑힌 피만큼이나 서럽게 여름 한낮
무더운 한 날을 흘려보내는구나!

문명의 계절, 모기의 계절, 칡넝쿨도 한 몫 잡아
여름 한낮 서하리에 내려앉아
하염없는 너, 사는 덫에 걸린 너를 보게 하는구나!

2007년 7월 29일 한낮, 서하리 글방.

누워 있다가 아내가 없어져서 뒤꼍으로 나가보니, 모기는 극성스레 종아리에 붙어 피를 빨고, 아내는 뒷산 자락에 뒤덮인 칡넝쿨을 베느라 땀투성이가 되어 서툰 저 낫질로 내 마음을 아리게 한다. 나는 아내의 등을 타고 앉아 앞도 뒤도 없는 나날들을 시름겨워 지내는 꼴이다.

오늘도 담배를 어제 그제에 이어 네 가치째 피웠다. 입맛이 쓰디쓰다.

393

털북숭이 조롱박 털이 부숭부숭

호박, 애호박에 난 털 따끔따끔
애들 몸통에 난 솜털 닮았다.
이상 작품 어느 곳 가출한 아내 집에 돌아오자
온몸에 뭇 사내 손금 묻혀왔노라,
한 사내 웃기는 말투로 껄껄대더니,
그 웃음기 따라가다 눈은 커지고
아침, 저녁 애호박 다듬던 여인들 반짝이는 호박 몸통
손금깨나 묻혔겠다!

털 지우던 손바닥 그렇게 닳고 닳은
어머니, 아내 손금 먹고 사는 네 눈앞 털북숭이
조롱박 여린 숨결
달떠 반짝이는 몸 뾰족한 털들로 반짝인다.

소곤대며 누군가 손금으로 털 지울
톱질 임자 만날 꿈, 꿈속의 조롱박
마당가 처마 밑에 대롱대며 털북숭이
예쁘게 입 다문 눈
하얗게 웃고 있다.

2007년 7월 29일 저녁나절 서하리 글방.

마당가에 심어 지주 타고 올라간 조롱박 두 개가 눈부시게 익어 가는데 이 조롱박 겉은 털이 숭숭 나서 만지면 따갑게 생겼다. 매번 호박을 따다 보면 애호박 겉에 난 털 때문에 손바닥이 따끔거리는 걸 느꼈는데 며칠 전부터 이 조롱박 몸통 겉이 온통 털로 뒤덮여 있음을 알겠다. 오이도 따끔거리는 돌기가 있어 그냥 먹기가 고약해서 수세미로 잘 문질러 털들을 없애야 하는데 이 박 종류도 그렇다. 신기해서 적어둔다.

394

가난에게 고개를 숙이고는

내 평생 가난하여 그대에게 드릴 것
오직 마음 채우던 꿈밖에 없어
그대 발밑에 드리오니 그대여
내 꿈을 밟고 내게 오소서!

잠시 내 눈을 스치고 지나간 이 싯귀
버틀러 예이츠였나 누군가
그가 쓴 말 내 가슴 후려쳐
가만히 내 평생 지녀온 가난에게 고개 숙여
눈물 적신다.
내 꿈만으로 그대 부를 수 있겠나 곰곰
아주 깊은 저 우물 아득한 마음으로 보듯
그대를 기다린다.

그대여 아직도 나
내 꿈만으로 그대 기다리노니
이리 텅 빈 내 마음에 그대여
스며드시라 드시라!

2007년 8월 1일 수요일 저녁.

서하리 글방에 앉았다. 어제 종일 쓰던 글을 오늘 겨우 마쳤다. 제목이 뭐였더라? 「문학의 날개 이론으로 읽는 우리 말글」이었나 보다. 중언부언 쓰다 보니 252장이 좀 넘었다.

오늘은 천둥 번개가 치는 날이라 기상예보에서 발표하였다. 정오가 지나자 정말 비가 쏟아졌다. 소낙비다. 박경혜 선생이 우리 집엘 와서 사진을 한참 찍고 갔다. 고추밭과 오이 밭 등 각종 꽃밭을 잡았는데 나도 나가서 나를 좀 찍어달라고 부탁하였다. 여러 장을 찍었는데, 내 주제가 워낙 초라하니 뭐가 잘 나오겠나? 요즘 마음은 정말 죽을 맛이다. 다가오는 빚 갚을 날 때문이고 연대에서는 아무런 소식이 없어서다.

외롭기 짝이 없는데 문득 티브이에서 예이츠 시집을 들고 누군가 위의 시를 읊는 것이 스쳐 지났다. 가슴을 치는 싯귀여서 지금 곰곰 그걸 떠올리면서 내 처지를 생각한다.

마침 저녁나절에는 통영에 사셨던 아내 이모께서 오셨다. 건강해 보인다. 11~12일 진도에서 행한다는 농민문학회 모임에서 발표할 글 「한국민속과 농민문학」이라는 제목의 글도 45장 정도 써서 결론 부분만 남겨놓고 있다. 일은 많이 했지만 여전히 과하지 않다. 뼈저린 가난이 내 등을 치기 때문이다.

395

장마 풍경

장대비가 쏟아지는 서하리 흙집 안마당
한켠 뒤늦게 벌러 피운 문주란 꽃술 봉오리
저 뽀얀 향기 어디로 향할지
하얗게 입 벌려 물을 마신다.

상사화 꽃 대궁은 이미 시들어 고개 숙이고
빨갛게 요염한 동백 자스민 나팔처럼 뿜빠뿜빠
땅 장미 향기 자랑으로 빗소리 장단 맞춘다.

해는 구름 속에 숨어 여름 한날
쏟아져 내리는 서하리 빗줄기
온 들판 내를 가득 채우고 우리 집
마당에 은은한 빛으로 네 마음 속 두려움
살랑이며 달랜다.

비는 장맛비
집에 가득 찬 웃음소리 왁자지껄
온기와 젊음 푸르게, 푸른 꿈
빗소리에 맞게 쏟아져 내린다.

2007년 8월 4일 토요일 정오.

사랑채 방에 앉아 서하리에 내리는 장마 빗소리를 듣는다. 어제 저녁에 막내딸 새람이 친구들이 여섯 명 왔다. 밤 늦게까지 왁자지껄 웃음소리 가득 채우던 이 젊은이들이 장마 빗소리를 자장가 삼아 단잠에 빠졌다. 이소진, 김수연, 박민정, 김성은, 최선자, 권현수 등이다. 선자하고 소진이는 프랑스 뽀와띠에서 만나 친하게 지내는 친구들이고 다른 아이들은 만남이 복잡하다고 해서 모르는 척하였다.

오후 늦게 다시 시작한 음식 술자리에 나도 참석하여 술을 꽤나 마셨다. 아내 이모께선 아내와 함께 형제 댁엘 갔다가 왔다.

지금도 비는 줄기차게 내린다. 비다! 장맛비! 천옥현, 강은미 등이 문경 박순희 집에 간다고 하였다가 도무지 일정을 맞추기가 어려워 포기하였다. 은미는 일요일 오후에 집에 와야 한다 하고 옥현이도 월요일 홍콩행 비행기 타는 문제로 복잡한 모양이었다.

밤늦게 일정 취소를 알리다가 잘못하여 작가 최옥정 씨에게 문자하여 안부 인사로 기쁜 마음 나눔!

396
비를 맞으며 장마를 생각한다

비 내리는 들판에 서면 마음에 서린 설움
모두 씻어 주리라, 주리라 믿으며 온 몸에 비 흠뻑 맞아
마음 속 깊은 네 걱정과 근심 날려 보내려 마음 달리고, 달리고
하지만 네 마음에 또 다른 그림자
저 건너 수해로 얼룩진 마을 사람들 넋 잃은 모습하며
물여울에 시우는 곡식들 하며 시름 더해
비는 여전히 내리고 내려 처마 밑 낙숫물 소리로 튀는구나!

서하리에 여전히 비는 내리고
네 마음에는 또 다른 시름 겹쳐 내리는구나!

2007년 8월 4일 토요일, 서하리 사랑채.

새람이 친구들이 늦게 일어나 아점을 먹었나보다. 비는 왔다 갔다 노바기로 쏟아지고, 마침 김여련화 선생의 전화도 받았다. 잠간/잠깐이라는 말의 어원 찾기 문의!

김화영 교수에게 전화하여 그가 양평에서 바위 위에 가꾼 이끼 안부를 물었다. 아주 아름답게 솟아 비를 즐기며 이끼들이 춤추는 모습을 전한다.

비야, 비야 오너라 보자, 오너라 비야!

397
네 줄기 겹친 노래

네 앞뒤 옆에 퍼지는 노래 네 줄기, 줄기차게 울려
온 세상 뒤덮고 시도 삶도 음울한 어둠 칙칙하게
네 동네 술수와 음모 울부짖음들로 가득 차 있구나.
꿈속에서는 여전히 박경리 선생 드린다고 찾던 호드위즈맥콜
종잡을 수 없는 마실 것 찾아 골목길들 허둥대며 기웃거리고
약국도 음식점도 보이지 않는 꿈속 헤매다, 헤매다
큰 뱃머리에 앉아 떠날 때 기다리던 선생의 배는 떠나지 않은 채
뒤늦게 나타난 너를 반색하여 배가 고프다 고파
네 홀로 눈물 흘리며, 또 흐느끼듯 네 삶이 참 고되게도 호드위즈맥콜 찾다 못 찾는 꿈으로 깨어나니 밤은 삼경인데
지구는 쿵 쿵 천둥치듯 울려 잠결을 흔드는구나.
스물 셋 인질로 잡혀 갇힌 젊은이들
돌산과 사막으로 뒤덮인 나라 탈레반 두건 쓴 싸움꾼
이 나라 사람 둘은 이미 주검으로 돌아와
협박 위협 온갖 꾀부림에 간이 바짝바짝 마르는 소리,
네 나라 온통 울부짖는 통곡소리 한 줄기 노랫가락
눈물범벅된 얼굴로 꺽꺽 아아 답답해라 꺼억, 꺼억
쌀쌀맞은 미국 관리들 뒷짐진 채

으험, 테러패와 절대 아암 절대,
협상불가 불가 뒤통수 두들겨 팰 궁리만 궁싯대며
강도 심보 줄기 밉상으로 건들건들,
아아 밉고 또 미워 어쩌나 네 마음 불태우는 미움
이렇쿵 저렇쿵 반미 눈길 번지는 생각 불가, 불가,
누림 패들 에헴 상가 통곡 이죽거리며 콧방귀 꾸는 노랫가락 쿵쿵쿵, 진동소리 저 아프간 사막 나라에 퍼져
여기 네 밤에도 찾아와 흔들어 울리는데
또 한 줄기 노랫가락 저 나쁜 미국패들 음흉한 뱃고래 컴컴
온 세상 싸움 불 질러놓고
무기 팔아 재미 보는 온갖 무기장사치들
등 돌려 늦었지만 등 돌려, 숨죽여 외쳐대는 노랫가락
창자 끊어지는 분노, 반미 소리 들으며 네 꿈속에서 찾던
그런 시 보물은 간데없이, 찾는 길을 잃었구나.
너는 네 삶의 구경꾼, 밤새 꾼 꿈속
박경리 고적하게 나를 맞아
호드위즈맥콜, 이 무슨 음식인지 나도 모를 호드위즈맥콜
약국들 찾아 헤매고 헤매며 네 삶이 그렇게
호락호락하지 않음 젊어지고 보물 찾듯
너는 그저 그렇게 쩔쩔매다 가겠구나,
나라 온 마을 울려 퍼지는 상여 흐느낌 소리 묻혀
속절없이 가겠구나!

2007년 8월 5일 월요일 새벽 3시경, 서하리 글방.

어제 일정은 참 신기하게 펼쳐졌었다. 문경에 가겠다고 대강 준비를 끝낸 8시경 백규서 사장 내외분의사 김순임 교수이 집에 왔다. 저쪽 방에서는 처이모께서 고향 갈 차비를 차리고! 박순희 시인에게 떠날 준비가 다 됐는데 그쪽 사정은 어떠하냐고 물으니 온통 장마로 내가 불어 통행 불가라 한다.

길 떠날 차비로 잠을 설친 양쪽 두 내외는 진퇴가 둘 다 어렵게 되었다. 이모를 모셔다 버스를 타게 하고 우리는 남한산성을 향해 떠났다.

일은 그렇게 시작하였는데, 가도 가도 산골 여기가 어디냐 물으니 양평이라! 문득 눈을 들어보니 억만장자 이국환 회장의 식초 술 공장 〈천주〉가 나오는 곳이라. 차를 돌리자고 하니 선뜻 그쪽으로 향해 손쉽게 집을 찾아들어 규모 있게 지어진 집 대문 앞에 이르니 삽살개 세 마리가 우리를 빤히 지켜보며 문을 가로막고 서 있다.

이 회장을 찾으니 고추밭에서 일하다 나온 이 회장과 부인 박순옥 사장. 한 바구니 딴 가지를 바구니째 내놓으며 가져 가라는 말부터 한다. 비는 부슬거리다 된통 소낙비로 변해 우리는 이 회장을 따라 시원한 누에 올라 밀린 인사와 이 회장 이야기 꽃 속에 흠뻑 빠진다. 혼이 맑아 우리가 못 보는 혼의 세상까지를 읽는다는 이 회장의 변함없는 웅변, 그렇다, 그이 말은 모두 웅변이다. 수천 명 생명을 구해준, 병 고친 이야기와 병 원인들에 대한 자초지종에 백규서 사장 빙긋이 웃으며 신기한 흡입에 빠져들다. 부인들은 박순옥 사장과 이곳저곳을 돌며 청산유수 말 기름밭에 들어 이미 누에서 듣는 이야기를 다 들었나 보다. 이 회장 두 부부는 천생연분의 쌍두마차 같은 짝이니까!

사업에 실패하여 〈천주〉 판매를 중단한 상태로 공장 안은 여전히 그득그득 발효된 식초들이 차 있었는데, 그 쌍두마차 부부는 돈 모으는 머리보다 남에게 주는 버릇부터 붙어 있어, 아마 몇 십

억 단위의 빚을 진 모양인데, 그래도 여전히 씩씩한 말투와 대접으로 우리를 묶어 놓는다. 보리밥으로 밥상을 차리는데 이국환 아우 직접 나서부릴 사람들이 하나도 없으니 어쩔 수 없었겠지만, 풋고추를 정성들여 썰고 내 아내에게 우산을 받쳐 들려 장독에 가서 된장을 퍼 강된장을 만들어 놓았는데 그 맛이 그야말로 일품이라 나는 과음에 과식을 하고 말았다.

박경숙 박사최인호 교수 부인으로 삼성병원 생화학 실험실 근무가 M1이라 이름 붙였다는 술을 내놓는데 맛도 맛이려니와 이 회장 아우의 여전한 권주에 넙죽넙죽 한 되들이 술을 김순임 교수와 아내, 백 사장이이는 운전 핑계로 조금만 마셨고 또 다른 동석한 외교관 관리를 한다는 어떤 분 셋이 먹고 마셨다. 이들 초면 인사들은 가고 우리는 이 집 〈천주〉 사업 문제에 대해 길고도 끈기 있는 담론으로 하루해를 넘기게 되었다.

백 사장 부부는 천주 20병들이 한 박스를 사고 우리 부부는 4병들이 두 박스를 차에 싣고 집을 향해 꼬불대는 산길을 돌아 막국수 집에 와 시원한 막국수로 배를 더욱 불린 다음 집에 왔다. 백 사장의 저 고운 심성!

나는 몸이 너무 무거워 일찍 잠을 청했는데, 쿵쿵 땅울림 소리가 들려 잠을 깨어 일어나 시계를 보니 새벽 2시라. 이미 잠 속에서 꿈을 꾸어 놀라고 기이해서, 다시 잠을 청해도 소용없음을 알고, 여기 앉아 이렇게 어제 내 삶을 생각하며 적는 거다.

박경리 선생이 또 꿈속에 나오셨는데 이게 영 마뜩잖게 나를 사로잡는다. 넓고 긴 큰 배 맨 앞에 박경리 선생께선 배추를 잔뜩 싣고 앉아 계셨는데 배가 떠나겠거니 하고 나는 딴 짓을 하였나? 늦게 그곳엘 가니 박경리 선생이 윤덕진 교수를 거느리고 오시다가 나를 보고 반색하시며 시장하다 한다. 나는 늦게 뵈어 죄송하다고 선생 어깨에 기대어 한참을 울었나 보다. 드실 것을 찾아 아무리 두리번거려도 마땅한 것이 없는데 내 귀에 익은 음료수를 먼

저 찾으신다. 그게 지금 생각해도 아무래도 익숙지 않은 이름이다. 호드위즈맥콜이라! 이길 저 골목을 헤매어 찾아도 약국은 없고 큰 길을 건너 샅샅이 뒤져봐도 또 찾는 것은 없어 하릴없이 되돌아와 보니 그 자리에 박 선생은 보이지를 않는다.

이국환 아우와 그 부인 박 사장에게서 삶과 죽음, 약 처방 이야기를 너무 과식했나 보다. 박 선생이 안 계셔 이게 웬 일인가 싶어 윤덕진 교수에게 전화로 알아보겠다고 내 휴대폰을 꺼내니, 웬걸 내 손목에 휴대폰 대신 누군가 내 잠든 사이에 검은 색 시계를 채워놓았다. 휴대폰과 빛깔이 같은 검은 시계라! 휴대폰이 간 곳 없다는 건 절망을 뜻한다. 찾을 길 없는 길 찾기이니까. 답답하여 다급하게 곰곰 생각을 더듬다가 눈을 뜨니 한 파람 꿈이라!

그런데 마침 쿵쿵 땅을 울리는 소리가 세 번 들린다. 무서운 중에도 내 집에 돈 상자 떨어지는 소리가 아닐까 생각하다가, 일어나 소변을 보고 아내 옆에 누워 다시 잠을 청하니 아하 탈레반에 인질로 잡혀 생명이 위태로운 사람들 아우성 소리가 들리는 듯하다. 벌떡 일어나 네 줄기 웅얼대는 소리를 적어 이 세상 것들의 노랫가락이 도도하게 흐름을 내 깜냥껏 눈을 부릅뜬다. 관현악 4중주라!

아아 또 하루가 이렇게 가버렸구나! 나는 어쩌나? 다가서는 내 삶의 앞이 점점 어두워 오고 있어 보이니! 언제 부서진 방구들이 나를 평안하게 잠 재우려나! 꾸는 꿈마다 이렇게 길 찾는 일에 실패하여 쩔쩔매는 내 꼴만 나오니 말이다. 뭔가를 나는 자주 꿈속에서 잃고 그걸 찾아 헤맨다.

그게 시에 든 보석일까? 삶에 든 시름, 걱정일까? 이제 다시 잠속으로 들어 아내 옆으로 가야겠다. 새벽 네 시를 지나는 시각이로구나!

398
삶이 부끄러운 듯, 시인 강창민은 웃는 듯

육십 년 저 먼 살이, 살이길 까마득한 날들
출렁이며 반짝이던 햇살 하며, 망망한 들판 보리밭 푸른 바람결 나부끼던 어느 해 첫닭 울리며 당신은 태어나 오늘 그 길고 먼 나들이 살이 한 자리에 앉아 쉬고 있구나!

다리도 아프고 어깨에 둘러멘 짐도 허리 눌러
당신은 숱한 눈물로 남의 아픔 대신하던 그 타령으로 숱한 돌 벽과 맞장 뜨던 그 기백, 아직도 남아
하하하 웃기도 잘만 웃더니 머리숱 줄어든 반짝임으로나마 올올 희게 시간 염색사 지나가게 하였구나!

남의 설움 앞자리 눈물깨나 흘려 몇 개 강물
채워 넣던 엊그제까지도
세상살이 부끄러움으로 갈무리하던 그대였다.
언제였나? 누군가 던진 돌에 맞아
아야, 아야 뒹굴며 아픈 시늉도 시늉이고,
그 웃음 속에 감춘 목울음 소리 내 가슴 저미듯 에어,
아아 저 육십 년 애옥살이
한 파람 바람결처럼 오늘에 묶어 돌팔매 맞던 설움

내게 던져, 던져,
젊은 날 펄럭이며 힘찼던 날갯짓 소리
점점이 내 마음을 조이는구나!

살어리 살어리랏다 청산, 바라래 살어리랏다
멀위랑 다래, 나마자기 구조개 먹고 그렇게 살아 보리라
얄리얄리얄랑셩 얄라리얄라!
오늘도 우리는 조롱곳 누로기 매와
잡사와 이링공 저링공 웃음소리 내어 그대
한 살이 바람에 달 띄워 구름 피우듯
하하하 깔깔깔 그대 고운 삶 밭에
머리 맞대고 비나리, 비나리로 비나이어라!

초대를 받았다. 윤동주 기념 백일장 모임에 오라는 통보였지만 심사일도 아니고 무얼 하러 가겠느냐고 거절하였다. 세종대 2학기 강의 계획서 제출함 「우리시대문화탐험2」과 「동서고전 특강2」를 해 보란다. 「한국현대문학사」는 이미 오래전에 그 계획서를 보냈다. 강창민 박사가 벌써 환갑이란다. 한때 내 수호신 역할을 하면서 나를 꽤나 울리곤 하던 사람이었는데 지금은 그도 나도 모두 맥이 빠져가는구나.

399

8월 장마 남북정상 회담, 대권도 대권 천격

비도 세굳이 내린다.

빛이 조금 열리다가 쏴아 폭우 쏟아져 우우

개미들도 방으로 몰려들어 어깨에서 얼굴로 집짓는 일에 바쁜데

땀은 등을 적셔 온통 낮잠을 질척인다.

노무현 김정일 양쪽 남북 얼굴 만나 한반도

긴 나뉨 아픔들 확인하여 통일 길 나아갈까?

한나라 패거리 나날이 이명박 박근혜 대권 적임자라 서로 치고 박고

몇 백억 돈줄 지닌 이명박이냐 독재자 박정희 딸 박근혜냐

우우 와와 왁자지껄 8월 장마 지루한 날들 시끄럽다.

8월 장마는 천한 탐권자 발걸음에도 내리나

저 칙칙한 낯짝들 고추밭에 달려든 탄저병

병든 고추 뚝뚝 떨어지듯 언제 떨어져 내리나

장마는 굳세게 내린다. 서하리 고추밭에도 으아리

활짝 핀 마당에 내려.
개미들도 방에 와 나를 괴롭힌다.

장마가 내 생애 한복판을 주룩주룩 흘러내린다.

2007년 8월 8일 화요일 저녁, 서하리 글방.

김명석 교수와 통화하다가 내일 오후 6시에 서울 삼성역 근처 어디 생맥주 집에서 강창민 박사 60세 회 넘기는 모임을 갖는다는 걸 알았다. 후배들만 조촐하게 모여 생맥주로 술추렴을 한다는 얘기였는데 나는 12일 강 박사 댁에 모이는 진자회 모임 때는 진도에서 갖는다는 농민문학 모임에서 발제를 하기로 하여 불참을 알려놓고 있었지만, 이게 아니다 싶다. 이기상 박사가 곤지암 근처에 와서 요양한다 하여 내일 거길 들리려고 하였으니, 거길 갔다가 강 박사 모임에도 가야 하겠다. 오늘 〈우학모〉 말나눔 모임 발제문을 구연상 박사에게 보냈다.

오늘 아침에는 윤덕진 교수로부터 내 문제에 대한 연세대 회의 이야기를 들었고, 저녁 늦게 연세대학교 원주 캠퍼스 국문학과 대학원 이상준 군으로부터 전화.

2007년 8월 10일 금요일 늦은 오후, 서하리 글방.

어제는 강창민 박사 예순 살 살았다는 기념 술 마시기를 흔쾌하게 끝냈다. 많은 옛 벗들이 모여들었다. 삼성동 인터컨티넨탈 로비에서 맛있는 생맥주와 와인을 마셨다.

강창민 강경화 부부, 이덕화, 조정래, 김성수, 윤덕진, 임성래, 이재명, 육군사관학교 교수 김종윤, 그리고 강 박사 부부 큰 아들 강시원. 끌밋하게 자란 이 큰아들이 아버지 생신에 벗들을 초대하여 술을 대접하였다.

이번 달 28, 29일 이틀간 노무현 대통령과 김정일 주석이 김대중 대통령에 이어 두 번째로 만난단다. 좋은 일들이라도 생겼으면 좋겠다. 한나라당은 개발 이념을 고수하는 정당답게 돈돈, 부자 옹호, 보수주의자들, 친일, 친미파들을 열심히 감싸 안아 눈을 시게 한다. 도대체 왜 이 나라가 이 지경이 되었을까? 제국주의 국가 메국의 미운 짓거리들 탓인가? 그들에게 덕을 톡톡히 본 한국 친일파 세력 탓인가? 아무튼 우리 현실은 너무 칙칙하다. 하긴 벌써 그게 몇 십 년째 내려온 내력인가? 답답하다.

400

외로움이 목젖에 닿네

아침 눈 떠 머리맡 시 잡지 하나
밤새 내 뒤척임 지켰을 사람 떼
이런 저런 시인 중얼거림들 웅얼 웅얼거림 웅성
문뜩 외로움 목젖에 와 닿고

아무도, 거기, 나는 없어
쓰고, 쓰고 또 써도 네 시는
나서 뛸 판
인쇄로 남 눈 괴롭힐 거리 없고

외로움은 손 비비지 않아도
네 눈에 눈길 와 닿고
네 귀한 음성 담겠노라 너도 그도
찾아 나설 그런 호사 바라면 더욱 커져
누구에게 비비지도 굽히지도 않는 손과 머리로
묵묵히 네 마음 속 냇물 따라 난 길
아득한 저 마음 속 깊은 호수 그리움.

밤새 뒹굴던 네 몸 하나 외로움은

금빛으로 덧칠한 사치,

네 우주 가득 채운 빈 사랑채

거기 그리움의 물결 출렁거리니

너는 네 작은 물길 따라 사뿐사뿐

하루치 잔뜩 살아낼 궁리로 살아지어라!

401
8월 꾀꼬리 소리

뒷산 꾀꼬리 소리
누구나 꾀꼴꾀꼴 흉내 내지만
꾀꼬리는 그렇게 꾀꼴 소리로만 울지 않는다.

휘파람 소리 입술 내밀고 피리릭, 피리릭
흐 아니면 크, 끄 앞 소리 내다가
한번 휘감아 훠 훠, 퍼 훠 레버
세종임금 우리 글 만든 자랑스런 마음도 잠시 주춤
꾀꼬리 아아 뒷산 울리며 나부끼는 저 새들 소리
적을 수 없어 나오는 한숨 소리로 퍼 퍼 훠레버!
곰곰 생각하니 뭔가 영어로 가는 세월 잊지 말라고
아니 너 지금 살았다는 고마움 외롭다고 행여
잊을라 잊지 말라고 당부하며
뒷산 꾀꼬리
8월이면 긴 여름도 자리 내주기 아까워 마지막 더위
불 끓듯 끓지만 잊지는 말거라 잊지 말아
퍼 훠 레버, 훠 퍼 레버!

8월 뒷산 꾀꼬리 지금도

내 마음 머리 꼭대기 올라 앉아
퍼 훠 훠 레버, 꾀꼬리답지 않게 울어
뭔가 주워섬기다.

2007년 8월 20일 월요일, 서하리 글방.

본시 아침에는 사랑채에 가서 누웠다가 궁싯거리다가 학교엘 휭하니 가서 누군가를 불러 한바탕 술추렴이나 할까 하다가 뒷산에서 휘파람처럼 불던 꾀꼬리 소리를 적어 저 새가 5, 6월 다르고 7, 8월 다르게 우는 걸 아무리 고대로 적어보려고 해도 안 돼 멈추고 늘어지게 한 잠을 자고 이 글방에 앉았다.

새 소리를 우리 말글로 적는 것이 안 된다는 걸 확인하고는 세종임금이나 그 각료들도 우리글에 대한 뻥이 크다는 생각을 멈추지 못한다. 자연의 소리를 어떤 글로도 그대로 적어 옮긴다는 건 불가능하다.

그저께 가람이 고훈 부부가 들고 온 시집들 속에 김광규 형의 『시간의 부드러운 손』과 이동재의 『포르노 배우 문상기』, 그리고 반영호 시집 『퇴화의 날개』를 주섬주섬 읽는다. 다들 뭔가 자기 소리로 울면서 중얼거리고 웃으며 살고 있구나!

김광규 형에게는 통화로 축하 인사를 하였다. 이동재 박사 시가 아주 재미있는데 연락할 길이 좀 막연하다. 그래도 길을 찾아봐야지! 때는 무지막지 무더위로 무더운 날이다. 개학이 다음 주이고 23, 4일 〈우학모〉 행사이니 마음이 좀 바쁘다. 왜 그럴까? 막막한 여름 복판에 앉아 졸음기를 참는다.

402
모기, 모기 같은 나라, 깔따귀

모기에 대한 미움을 줄이면 성인이 될까
모기도 우리 생명의 동족
설령 좀 물려 몸뚱이 곳곳 부르터 가렵고 아파
여름날 고추밭 숲에 들기 두려워도
모기 미움증 없애 성인이나 되어 볼까

모기 요즘 미국 너무 닮아 자랑스런 노래 애앵 애앵
뜨느니 비행기요 쏘아 박으면 독침, 폭격
지구 곳곳마다 모기 집 풀빛 군복 입혀
미군, 미군 탱크다 요격기다 잠자리 날개 펄럭이는 모기 닮아
잡아 없애기도 어렵고, 잠드는 평화 애앵 애앵 깨뜨려
날개조차 미군 군복 닮은 깔다귀 몸통
검푸른 하늘 오늘도 애앵 애앵 나부끼는 미국
아아 그곳이 차마 꿈엔들 잊힐리야!

8월 무더운 서하리 뒷산 깔따귀
저들 미움 가라앉혀 성인
팔다리 벅벅 긁으며 부스럼 딱지 온몸에 감긴
성인이나 되어 볼까

2007년 여름 한낮 미국만큼이나 미운 모기
가을은 언제 오려나
겨울 평화 깃들 날 기다리며
무자비한 제국주의자 모기들 향해 쑥 향 피워
캑캑거리며 무더운 나날 뒤척인다.

2007년 8월 20일 월요일.

서하리 글방에 앉아 시름없이 게으른 쓰르라미 소리 들으며 졸고 있는데 모기가 얼굴을 쏘고 왼쪽 다리를 두 방 쏘더니 가슴팍으로 앵앵 날아든다. 눈에 띄지도 않는 이놈을 잡지 못해 씨근거리다 이 글을 쓴다.

늦게 받아 읽는 〈한겨레〉 신문 세계의 창 칼럼에 쓴 미국 국제정책센터 선임연구원 셀리그 해리슨의 글을 읽었다. 「한-미 동맹을 핑계대지 마라」의 끝 부분에서 그는 이렇게 결론 내리고 있다. '냉전시기 한국은 베트남 공산주의자들이 소련-중국과 연계돼 있기 때문에 베트남전에 끌려 들어가는 것을 피할 수 없었다. 그러나 지금 한-미 동맹은 한반도에서조차 타당성을 급속히 상실하고 있다. 한-미 동맹이 다시는 미국의 제국주의적 모험에 한국이 개입하는 핑계가 돼서는 안 된다.'

노무현 정부가 아프가니스탄과 이라크에 파병한 것은 꼴불견이다. 오늘 한나라당에서는 대권 주자로 이명박이 당선되었다. 이 사람이 대통령이 된다면 아마도 10년은 우리나라 민주주의가 후퇴할 것이다. 그로테스크한 일들이 이 나라에서는 아직도 벌어지고 있다. 몇백억씩이나 개발 투기로 돈을 벌어 묻어놓은 이 사람이 대통령이 된다는 것은 무슨 뜻이 있을까? 참고 보기 역겨운 꼴불견이 벌어질 것이다.

403

도덕道德

— 우리말로 학문하기, 시로 우리말 쓰기1 —

길은 어둡거나 밝아, 칙칙한 어둠, 맑은 빛
때론 햇볕과 달빛, 별빛으로 바라고 꿈꾸는 당신
한 살이 길 어두워지는 것이 두렵다.
밤은 어두운 들길, 하늘 길로 하얗고
까맣게 열려 눈멀고 귀만 벙긋
길 찾는 일로 사람살이 한 여러 십 년
바쁜 마음 골 굴리고 돌린다.

너와 나는 사람끼리 버티는 도움자리
네 길과 내 길 어둡거나 흐리며 휘지 않는
발걸음 끙끙대며 걸어온 사람 길
나도 너에게 너도 나에게 해꼬지 할 수 없는 바른 길
그 길 찾아 우리는 울타리 속에 몸을 숙인다.

너는 그 길이 있는지 나 또 그 길이 있는지
묻고, 묻고 묻는 살이 하루치씩 잔뜩
등에 지고 하루를 산다.

2007년 8월 30일 아침 목요일, 서하리 글방.

이 글은 지난 화요일부터 낑낑대며 쓰려고 애쓰다가 겨우 오늘 아침 부랴부랴 마무리 짓는다. 이 글도 학교에 가서 다시 마무리 지어야 할 판이다.

지금 막 연인선 박사와 통화를 하였다. 9시 30분 경. 이사를 어렵사리 마치고 짐 정리가 아직도 끝나지 않았다고 한다. 나도 이제 학교에 갈 준비해야 한다.

여기는 다시 서하리 글방, 그리고 날짜도 31일 낮.

어제 학교에서도 이 뒷글을 완성하지 못한 채, 강의가 끝나자마자 학생 김정하와 대학로 근처를 빙빙 돌며 동무들 불러 술 마시느라 금쪽같은 시간을 쓰고 새벽 두 시경에 집에 왔다.

작가 황충상 사형이 내 시 다섯 편을 자기가 주간으로 있는 문학계간지 「문학나무」 앞자리에 큰 시진과 함께 실어주었는데 그를 대학로 〈호질〉에 가서 불러 만났다. 세종대 행정과 학생 김정하가 내 방에 와서 방학 중에 연락 못 한 것 잔치 만남으로 채우기로 하고 서울 민정시찰에 나서다.

고려대 대학원 학생이며 작가 지망생인 김희주, 시인 박명옥, 이승윤 박사, 김두루한 박사를 모두 불러내었다. 시를 써서 처음 받은 원고료 10만원을 쓰자고 한바탕 퍼마셨다.

술값은 카드로 내고 원고료는 고스란히 아내에게 바쳤다. 새벽 서하리 귀가 길은 김희주가 차로 날라 데려다주었다. 제자들에게 빚만 지고 사는 쪼다이니 한심!

404

외로운 만남, 말 나눔 잔치

땅위의 해 서산에 뉘엿뉘엿 앎 빛은 기울고
물빛깨나 안다는 사람들 하나둘 빠져 나가 비워
온데 간데 꿩 구워 먹은 소리 감감
모두들 눈 번쩍 뜨게 기쁜 연구다
세상 떠들썩하게 놀랄 연구
연구비도 눈알 돌게 높은데
너도 나도 다 눈 돌려
말 나눔 잔치는 상만 펼쳐 출렁거리던 자리였구나!
시름에 젖은 너
긴 나날 아직도 텅 빈자리들 곰곰
생각에 잠겨 시름 겹친다.

해가 지니 외롭다 외로움에 사람 죽겠네.

2007년 9월 1일 토요일 아침 여섯시, 서하리 글방.

어제는 좀 일찍 누워 잤다. 지난 달 8월 23, 24일 세종대학교 광개토관 431호실에서 13차 말 나눔 잔치를 잘 치루었다. '우리말로 학문하기' 제 13차 말 나눔 잔치를 곰곰 생각한다. 이틀 동안 사람들이 모인 것도 그렇고 열기 또한 누그러져 마음이 쨍하다. 그걸 다시 해야 할 회장 자리를 또 내가 맡았는데 정말 이 문제를 어떻게 풀어야 하나?

구연상 박사가 2년 동안 총무를 맡아 고생하였는데 결론은 이렇다. 총무는 전임교수가 맡아야 한다. 발제 필자 구하는 문제로부터 학생 동원 문제들까지 시간강사 자격으로는 도무지 감당할 처지가 아니란다. 이날 전임교수들은 박치완, 김영환, 유재원, 김유증, 최봉영, 김명석 정도였고 나머지는 모두 시간강사이거나 대학원 학생들뿐이었다.

나는 처음 그렇게 열렬하고 치열해 보였던 이도흠 교수나 신승환, 이승환, 그리고 서울대학교에서는 유일하게 나타났던 백종현 교수들이 얼굴을 내밀지 않는 것에 대해 많은 생각을 한다. 내 덕이 얇아서 그렇겠지만 이 〈우학모〉가 회장의 덕이 있느냐 없느냐 문제로 얼굴 내밀고 말고 할 일일까?

그래도 이번 총무도 이승윤 박사, 김두루한 박사, 그리고 오태권 셋으로 뽑아 놓고 할 일들을 나누어 잘 좀 해보려고 하다. 김옥순 박사와 박경혜 박사님들이 뒤에서 밀어주지 않았더라면 그나마 이번 행사도 치루기 어려웠을 판이다.

백기완 선생 발표와 이상규 원장의 발표로 그나마 잔치 자리를 얼버무렸는데 내 마음은 꽤나 탔다. 유재원 박사 발표와 최봉영 교수 구연상 박사의 발표는 아주 재미있었다. 사람들이 그런 자리에 안 온 이유를 대라면 많다. 홍보 부족, 날짜 잘못 잡은 탓구연상 박사가 한 말, 인기인 끼워 넣기 실패 그리고 또 뭐더라? 〈우학모〉 끌고 나가기가 힘들어진 것은 또 한 이유도 겹친단다.

또 한 이유? 정부에서 인문학 살리기 책략으로 엄청난 돈을 각 대학교 마당에 펼쳐 놓고 주워가라고 던지는 바람에 교수들 모두가 이 돈 줍기에 나서 제자도 살리고 자기도 살겠다고들 떠났단다. 인문학을 망치는 지름길로 정부가 나섰다. 인문학자들을 그렇게 길들이면 인문학은 사라지고 남는 것은 쓰레기들만 질펀하겠지. 생각을 돈 액수에 잡아 맨 연구가 무슨 놈의 연구일까? 자유와 자발성을 가장한 이런 돈놀이 잔치로 모든 지식인들은 빠져나가고, 〈우학모〉 외로운 이 말 나눔 잔치 자리가 휑뎅그레 하게 되었다. 이래저래 외로운 이는 외롭게 살다가 가는 법이지! 지성이 빛을 감춘 시대의 아득한 모래밭 가운데 서다.

405
젖은 땅 고랑 파기와 허리

가을비가 꽤 끈기 있게 내려 흙을 적신다.

김장배추 무 심는 때 늦을라 비여 좀 멈춰라
궁시렁, 궁시렁 아내 비오는 탓이 입에 붙었다.
대문 밖 요란한 소리, 땅울림 소리 들린다.
이웃 이성룡 아저씨 부르릉 부르릉
아침나절 젖은 흙 밭 기계로 갈아 골라주고
오늘 안에 골도 치고 배추도 심으셔요!
절절매는 골샌님, 키 작은 아내보다도 힘 못 쓰는 당신
젖은 흙 괭이로 파면서 허리와 다리 힘줄이 댕겨
아아 댕긴다, 댕겨 땀도 비처럼 흐른다.

네 고랑 긴 사래밭 위아래 아내와 그대 마주 서서
맞뚫레 골 타기 맞뚫다가
오는 비는 노바기로 몸에 젖는다.

젖은 땅 고랑 맞뚫어 길 내기, 허리 펴고 구부리는 힘겨움
비야, 비야 그쳐라 3백 포기 배추 심고 오늘
오후 두 다리 쭉 뻗고 거센 코라도 곯아야겠다.

가을비가 몸빛 바뀌어 해가 불쑥 떠오르니
오늘 배추는 땅 속에 고이 꽂히겠구나!

2007년 9월 2일 일요일, 서하리 아내 책방.

아침나절 비가 오자 9시까지 늦잠을 잔 아내가 밖을 내다보며 두런두런 비가 온다고 투덜댄다. 비가 오는 게 무슨 상관이야? 무식한 태평무사주의자 나는 방에서 뒹굴뒹굴 온통 게으름 속에 잠긴다.

그런데 밖에서 부르릉대는 소리가 들린다. 호성이 아버진가 봐! 밭두렁 로타리 치나 봐! 로타리라! 나가보니 정말 순식간에 밭두렁을 고르게 갈아 놓았다. 땅이 너무 질어 여지껏 못 갈았는데, 김장배추가 너무 늦으면 안 되니, 그냥 비가 오더라도 심으라 한다.

게으름뱅이 괭이와 삽을 들고 아내를 따라 나섰지만 너무 진 흙이어서 한 삽 푸면 철썩 달라붙는 흙 무게가 여간 아니다. 낑낑대며 고랑을 파오는데 아내가 고르게 못한다고 타박이다.

'자꾸 타박하면 나는 그냥 들어갈 테야! 나 지금 힘들어 죽겠어!' 하니, 가로되 '어쩜 좋아 그래! 서방이랍시고 시골 가면 농사도 좀 거들어줄 줄 알았더니 나보다도 힘을 더 못 쓰니 글쎄!'

사실이 그런 판이라 꿈쩍도 못하고 서둘러 맞뚫레 고랑을 네 줄 타고는 삽을 씻으며 시인 정희성이 예전에 썼던 무슨 시였더라? '저문 강가에 삽을 씻고'였나? 따위를 중얼거리며 집에 들어와 냅다 목욕을 하고는 아내를 재촉하면서 그만두라고 떼를 쓴다.

한참만에야 아내가 들어와 목욕을 마친다. 배추가 와 있으니 좀 있다가 심자고 한다. 마침 막내딸도 일어나 함께 심자 하니 '부부가 오순도순 심는 게 어떠냐'고! '작년에 엄마와 네가 심었으니 전통을 좀 살려보라!'고 하니, '전통도 좀 넓혀 보는 게 어때? 아빠 100포기만 심어!' 한다. 오늘은 도리 없이 나도 배추를 심어야 할 판이다. 아아 허리 아프다!

유재원 박사 전화하여 텔레비전에서 하는 문화와 교육 강의를 보라 한다. 내가 맡은 강의 보충을 하라는 뜻이다. 고맙다. 그걸 보느라 이 방에 왔는데 틀어 보니 너무 뻔한 이야기여서 써먹을만한 게 없다. 방송통신대학 강의! 젊은 패들 강의인데 모두 서양 것들 이론을 베낀 내용이다. 쯧쯧!

406
이동재의 시집『포르노 배우 문상기』

이 사람 시집을 읽다가 너는 그 웃음들 속에
숨은 울음을 보고 가슴 에어 어허 그 참 사람도
어찌 이리 착하디착한 사람
한 세상살이 어렵게도 허위허위 가는구나!

「씹을 위하여」 이 시 속에
요즘 아이들 영어로 섹스, 섹스 색 쓰는 법만 알고
씹이 무엇인지 모르는 시절
어쩌다 나라가 이 지경으로 발길을 돌렸나?

뒷글로 쓴 자기소개도 가슴을 치는 이 세상 꼴
대학교수다 뭐다 어깨에 힘 좀 주고 산,
해와 달 부끄러워 자화상이랍시고 그려 보아도
달무리는 간데없고 텅 빈 마음에
시끌벅적 모지랍, 모지랍스러운 풍광들 그림자
노을 지는 어스름만 드는구나,
속절없이 해가 떴다 지는구나!

2007년 9월 3일 월요일 정오, 서하리 글방.

이동재 시인과 통화하다. 시집을 다 읽었으니까! 조만간 만나 술 한 잔 하자고 약속하였다. 파주 통일 공원 근방에 산단다. 남과 북쪽에 그와 나는 떨어져 살고 있다.

어제 심은 배추 300여 포기가 오늘은 햇볕에 잎들을 후줄근하게 내리깔고 땅 속에 이삿짐을 푼 가느다란 뿌리들에게 고개를 숙인다. 그 뿌리가 언제 굵어져 잎들에게 힘찬 작업명령을 내릴까? 광합성을 위한 물 빨아올리기가 곧 시작되겠지!

아내가 아침부터 쪽파더미를 풀어놓고 가위 두 개를 나란히 펼쳐 놓은 것을 타넘고 못 본 척 하다가, 도리 없이 잡혀 마주앉아, 밭에 심도록 뿌리와 대궁을 곱게 잘라놓았다. 저녁 답에는 그것을 심자고 들볶겠지?

3부

꾀꼬리 밧줄 얘기

407
무씨 땅에 묻기와 아내

어제 배추밭 골 파던 손에 붙은 허리와 허벅지
아침에 일어나니 뻑적지근 몸 굽히기도 힘들다.

배추 밭 사래 긴 옆 무 씨앗 한두 알 깨알 닮은 몸
곰실곰실 아내 오리걸음 걸으며 뿌린다.

삐끔 얼굴 내밀던 너, 그래도 서방이라고
일터에 나가 골라진 밭, 긴 골 드려다보다가 떠난다.

퍽 미안하다고 마음 다잡지만
뻐근한 허리, 넓적다리 핑계 삼아 자리 서둘러 뜨며
어두운 시간 빨리 지나가 어구구 소리치며 자리에 누울
아내만 기다린다.

무씨 뿌리고 나면 쪽파다, 당파 자충이 별 이름으로 불리며
김장 자리에 풍성한 모습 자랑할 쪽파 심을 밭 지나면 또
달랑무, 총각김치, 알타리 무씨가 아내를 기다리고
시간 좀 지나면 갓김치 쓰임 갓 씨앗이 또 아내를 기다린다.

너는 아내 등을 탄 채 먼 산만 바라보고
건달도 그런 건달 없이 이 책 저 책 뒤적이며
날건달 흉내나 내다가 하루 해 지는 저녁나절
어린 날 들에 간 엄마 기다리던 마음으로
해 져 어두워지기만을 기다린다.

어둠이 보잘 것도 없는 그나마
네겐 위안이었나 보다.

2007년 9월 3일 월요일 저녁, 서하리 글방.

낮에는 광주 시장에 아내와 같이 가서 무씨와 알타리 무씨, 갓씨들을 사왔다. 나는 외출에서 돌아오니 도무지 몸을 가누기가 힘들다. 허벅지도 뻐근하고 허리도 그렇다.

그런데 아내가 밖으로 나간다. 예라, 모르겠다고 누워서 늘어지게 한 잠 자고 일어나 밖엘 나가니 무씨를 한 알 두 알씩 집어 땅에 묻고 있는 게 아닌가? 밭 두 골을 그렇게 다 묻어 놓는 걸 보고 나는 방으로 휑하니 들어왔다.

쌀을 씻어 밥을 안치고는 곰곰 아내를 생각한다. 저 사람 다른 고민 때문에 저렇게 몸을 움직여 일에 몰두하겠지. 그렇게 생각하니 더욱 안쓰럽다. 나는 내일 강의가 있다는 핑계로 일체의 밭일에 나서지 않는다. 평생 이 핑계로 살아왔으니까!

비 맞은 흙들이 모두 덩어리 덩어리로 뭉쳐 고르게 펴지지 않는다. 그걸 아내는 손으로 다듬어 고르게 편다. 귀여운 것 같으니라고!

408

술자리

참 많은 술들을 마셨나보다.

술자리에 서서 노래 부르면
홀린 듯 바라보는 벗들 있어 술은 흐르고
외로움이 이 술을 벗하게
너도 나도 만나면 마시던 술자리
오늘도 텅 빈 너를 만난다.

그 자리를 위해 어제도 너는
먼 거리 방화 거리를 서성거리다.

아름다운 사람들 서둘러 하루 일을 끝내면
술 따르는 재주도 자랑하고 알던 것 모든 말로 쏟아부어
마시고 마시다가 밤이 깊으면 아쉽게 자리를 턴다.

너는 그 술 지게에 지고
대양이라도 헤엄쳐
그리운 벗들 만나러 갈 판이다.

아니 지게 대신 요즘은 술집 아주머니 불러
어지간히도 마시고 마시다가 마시고 또 마셔
몸속에 가득 찬 술을 몸으로 진 채
어김없이 집을 찾아 세월의 문턱이 닳도록
시시때때 마음 놓고 마셔대는구나!

아아 술자리 그리운 날
세상 등지고 먼 길 지게지고 떠나야하리!

2007년 9월 5일 수요일 밤중.

서하리 글방이다. 어제는 방화동에 있는 이상규 원장과 도서잡지 윤리위원회 민병욱 원장과 김옥순 박사, 신숙희, 박경혜 박사들과 발렌타인 17년 산을 따라 마시는 것으로부터 시작하였다. 민병욱 원장이 술값을 낸 자리였다. 일찌감치 술을 취하게 마신 다음 노래방으로 향해 냅다 노래들을 부른 다음 서둘러 광주에 왔다.

늘 그렇지만 술 마신 다음날엔 어제 술자리에서 행여 누군가에게 상처나 주지 않았을까 마음이 뒤숭숭하다. 그래도 어제는 김옥순 박사가 고뿔 기운을 목에 감은 채 모임을 열심히 이끌어 갔다. 건강도 일단은 무사히 잘 넘겼나 보다. 신숙희 씨는 좀 마음에 덜 찬 기분으로 내겐 느껴졌다. 같은 직장 상관하고 술자리 하기란 좀 마음이 편치 않은 법이니까!

오늘은 하루 종일 누워 어제 마신 술을 삭혔다. 내일 강의 준비는 그런대로 마쳤으니 이젠 편하다. 아까 아침결에 김화영 교수로부터 어제 보낸 조선배추 씨앗 받았다는 전화 받았다.

새람이가 10월 중 미국엘 간다고도 전화 받았고! '술고래 아저씨!'라 부른다. 으이구! 귀여운 막둥이!

409

내 시간 누가 훔쳐 먹었나

눈 떠보니 내가 지녔던 그 많은 시간 짬짬이
누군가 다 집어먹고 이제 앞날이 컴컴하게
또 누군가 먹어 삼킬 일만 남았나 보다!

지난 봄 여린 조선 배추 잎 배추흰나비 애벌레
이빨자국 그 구멍 뻥뻥 뚫던 애벌레 네가
내 시간 훔쳐 먹던 이빨이었나?
뻐꾸기 하염없는 노랫소리에 취해
멍하니 하늘 보던 내 눈길 그 속에 거닐던 구름
뭉게구름 네가 내 시간 빼앗아 야금대던
시간 후리개였나?

나는 시시 때때 내 앞에 놓인 사람 눈 속에 뜬
까만 샛별 반짝이던
그 눈길에 취해 하염없이 폈다 지는 꽃들과
꽃술 찾아 떠다니던 벌 나비, 날개깃 소리도 요란한 새들
치마폭에 퍼지던 노래에 취해 내 시간 몽땅 잃었나 보다!

이제 너는 돌이킬 수도 없는 시간의 저 먼 강둑 위에 서서

하염없는 시름이나 긴파람으로 내쉬어야 할까 보다!

2007년 9월 6일 목요일, 세종대 광개토관 621호실.

아침에 학교에 오는데 문득 이 시간 이야기가 가슴을 찌른다. 서둘러 이렇게 아무렇게나 적어 놓고는 강의 들어갈 준비로 싸온 도시락부터 먹는다. 김밥!

그저께 아침에는 막내둥이 딸 새람이가 제 엄마에게 묻는다. '엄마! 엄마처럼 나이 들어서도 이렇게 남편 김밥을 싸야 돼?' '그럼 어째? 아빠가 점심 끼니를 거르게 할 수는 없잖니?' '에이 그러면 나 시집 안 가!' 수시로 시집 보내달라고 조르던 앤데. 도시락 싸던 엄마가 한심해 보였나? 그래도 맛있게 먹는다.

12시부터 강의 시작인데 무슨 수로 이 시간 끼니를 맞추나? 일단 강의부터 하고 본다. 나의 나됨과 작품 이야기!

410
고향에서 본 작은 어머니

나이 들자 키는 더욱 작게 움추러든 작은 어머니
고향은 이 어른 음식솜씨 따라
한동안 고향 등진 패들 거기 모여 떠들썩하게 마시고 먹던
여주 점동면 당진리 부구리로 갈라놓는 청미천 내를 건너
쪼그라든 작은 어머니 눈도 초점을 잃었구나.

사람도 몰라보니 온 식구들 따돌려
방안 가득 사람들 들끓고 대낮에도 시끄러운 티브이 소리 요란해도
맥 놓고 하염없는 눈길 뜨는 작은 어머니
엘리엇의 황무지 첫 줄 무녀 코마처럼
귀찮은 구경꾼, 고려장을 만들었구나!

그 귀하던 손끝에서 만들어진 정겨운 음식도 없고
이젠 치매 노인 흘겨보는 눈길들로 뒤돌아 앉아 귀찮은 존재
어쩌다가 저런 눈빛으로 내돌림 당한 채 멍하니
이 사람 저 사람 쳐다만 보는지
눈물을 참으려 하니 더욱 슬퍼져서 눈길 돌리니
먼 산 구름 둥둥 떠 떠도는데

고향 길 예나 지금이나 같은 길이더니
머잖아 우리 서로 모두 뒤돌아 앉은 채
고향도 타향도 다 잃어버리겠구나!

여주 청미천 냇가 다리를 건너며 나는 가버린 시절
저 긴 어려움 길 에워 살던 날들 그리워
하염없이 눈물짓는다.

2007년 9월 10일 월요일 아침나절, 서하리 글방.

어제는 아주 흉한 꿈에서 깨어나 작은 아들 한결이 문제로 뒤척이며 잠 못 이루는 아내 곁을 떠나 이 글방에 와 서성거리다가 겨우 잠을 찾았다. 일어나 자전거를 타고 돌아온 다음, 어제 일을 생각한다.

토요일 아침 전화로 벌초하러 오라는 전갈을 현찬 아우에게서 받았다. 어제가 일요일이니 안 갈 수가 없어 마침 중국에서 1년 만에 돌아온 한결이도 있고 그 친구 경래 군도 와 있어서 같이 우르르 고향에 갔다 왔다. 무언가 집안에 심상찮은 기운이 감도는 걸 알고도 나는 작은 어머니 치매로 돌림당하는 모습만이 눈에 밟혀 뒤숭숭한 꿈을 꾸었다.

고종 사촌 김천열 형님이 마침 건강한 모습이어서 다행! 올해 여든 살! 그 댁에서 농사지은 굵은 마늘 다섯 접을 가지고 왔다. 김장거리! 10만원 보내드리기로 하다. 작은 제수씨 심기가 뭔가 불편해 보여 마음이 무거웠다. 결핍 문제! 앎의 결핍은 모든 가난 가운데 가장 참기 힘든 가난이 아닐 것인가?

구연상 박사에게 전화하여 6백만 원을 내 통장으로 입금시켜 달라고 부탁하였다. 연세대 총장의 말을 철석같이 믿어야 하니까! 추석 전으로 내 문제를 해결하라는 총장 지시가 있었다는 교무처장 이야기를 믿어야 하니까!

고려대학교 민족문학회 소속 학자의 논문심사를 마치고 그 결과를 써서 보냈다. 심사료 1만원은 거절하였다.

411
박덕규 시 가극 '시 뭐꼬'를 보고

가을비 내리는 진해 어디쯤 시인 박덕규
소설가 박덕규, 아니 평론가였나 그가 올린 무대
'시 뭐꼬' 평론가 김선학이 꽂아준 허리 잘린 꽃
왼쪽 가슴께 꽂고 하염없이 바라보던 저 꿈틀댐 귀청 찢는
노랫소리 나는 거기 맨 앞줄에 앉아 시름겨워한다.
눈은 반짝여 빛나고 귀는 활짝 열려 시름 쫒는다.
나의 나됨 찾아 길 떠나는 이 몸부림
꿈틀꿈틀 까마득한 해와 달, 뜨고 진 저 30년대 어름께
월하 김달진 나의 길 찾아 한해 농사 집 살림밑천 움켜쥐고
집을 나서는 몸부림 꿈틀꿈틀, 저 몸부림
오늘도 많은 이들 몸부림쳐 꿈틀꿈틀 삶의 빛 어디 있나
여기 있나 거기 있나?
별, 그 반짝이는 빛은 어디 있나?
시도 빛을 찾는 발걸음이라고?
시인도 평론가도 소설가도 모두 그 빛 찾아 몸부림
꿈틀대는 배우들 목청 돋운 몸짓 너울너울
너도 나도 찾아, 찾아 뜻 찾아 길 찾아
아아 찾아, 찾아 가을비 내리는 진해 어느 곳
소리도 애달퍼라 구성진 소리 노랫가락

배우들도 꿈틀꿈틀 나도 꿈틀꿈틀
찾던 길 어디 간지 모르게 그날도
하루해가 그렇게 이울더구나!

2007년 9월 17일 월요일 아침.

서하리 글방에 앉아 있다. 그저께 진해행 기차를 타느라 새벽길을 달려 서울역에 도착하니 옹기종기 문인들 모여 케이티엑스 기차 탈 준비들로 부산하다. 정진규, 조정권, 최동호, 박명옥 시인, 김경미 시인, 고려대 대학원생들 김희진, 백은주, 많은 이들이 모였다.

꾸벅대며 두 번 갈아탄 기찻길 발걸음을 마치고 가을 비 내리는 진해길, 열두 번째 월하 '김달진 문학제' 기념식 장소에 도착하였다. 거기 가니 김윤식 교수, 김선학 교수, 이경수, 이희중 교수, 여태천 등이 모여 있다.

진해시 전체가 벌이는 이 행사는 벌써 14일부터 시작되어 박덕규 시인이 만든 시가극 「시 뭐꼬」 연극이 우리를 기다리고 있었다. 맨 앞줄에 앉으니 김선학 교수가 내게 꽃 한 송이를 꽂아준다. 지난주에 지나친 음주 가무로 지친 내 몸이 비실거렸지만 잘 참고 감동적으로 보았다.

문제는 그날 밤이었다. 김달진 문학상 시상식 겸 만찬장에서 시 부문 당선자 염원태 시인의 시 심사평을 하라고 하는데 내가 그 심사에 참가하였기로 원고도 없이 앞머리에 나서 몇 마디 중얼거리고 흥분하는 바람에 술을 또 마시기 시작하였다. 이 마시기를 시작으로 하여 나는 그날 밤에도 여기저기 술자리마다 쫓아다니며 퍼마시고 노래하느라 밤 3시경에 숙소에 들어왔다. 밤새 코를 곯았다는 진규 형의 귀띔!

다음날 아침에도 해장술이라고 넉 잔쯤 소주를 마셨는데 기차를 타고 집에 오다가 지하철 화장실에 들려 변을 보니 빨간 피가 나온다. 기름으로 된 피다. 동동 뜨는 기름 피, 오늘 아침에도 그게 나와서 놀란다. 아내의 지청구를 꼼짝없이 듣다.

그날 박덕규 시인이 만든 시가극이 너무 좋아 그 자리에서 낙서한 내용을 여기 적어 놓는다. 몸부림치는 삶, 몸부림은 꿈틀댐이더군! 최동호 교수가 만들어낸 김달진 문학기념사업이 눈부시다. 월하 김달진 선생 생가를 복원한 자리에 갔을 때 요청을 받고 덜 깬 술김에 청룡 이야기를 하였다. 가을 햇살이 눈부시게 빛나는 날 푸른 감 한 그루도 감 한 알을 툭 떨어뜨려 내 앞에 구른다. 상처 입은 한 톨 감을 주워서 들여다보았다.

내 시집 150편을 묶어 낼 계획을 말하고 발문 써주기를 조정권 형에게 부탁하니 흔쾌하게 허락한다! 이제 그거 낼 준비를 해봐야겠다. 어제 집에 오면서 백규서 사장에게 내 시집 내달라고 졸랐다. 흔쾌하게 그러잔다.

엄원태 교수가 고맙다고 내게 추석 선물을 주었다. 2십 만원! 십 만원은 상품권 또 십 만원은 현금, 아내에게 상품권을 건네고 나머지는 내 주머니 속에 들어 있다.

아아 졸려워라! 왜 이리 내 몸은 잠을 부르나? 칭얼대는 몸을 위해 눈을 좀 붙여야겠다.

412

시 제1호

오랜 장마 비여 무덥던 여름, 가을 내내 퍼붓던 장마 비여, 내게 시가 뭐냐고 묻질 마오! 휘몰아치던 태풍이여 바람이여 내게 시가 뭐냐고 묻지 마오! 제발 그대들 대중없이 내리 퍼붓는 빗물이나 온통 정신 빼도록 내질러 사람 기나 죽이는 바람하며, 난생 처음으로 겪는다는 저 남쪽 제주도 땅, 전라도 고흥 땅 물난리로 집채 날리고 넋 잃은 사람들 혼을 빼는 그대 태풍, 아아 자연이라 불리기도 하는 그대, 어느덧 쨍쨍 날은 개고 파랗게 하늘 물들여 사람 간을 녹이는, 햇볕이며 호박잎에 매달린 해맑은 물방울, 배추밭을 팔랑이며 나풀대는 나비, 무슨 소린지도 모르게 지껄이는 맑은 새소리들 하며, 내게 시가 뭐냐고?

나는 그대들 출렁대는 움직임 하나 날갯짓
결 고운 노래 소리 하나도 제대로 옮기지 못해,
미물보다 더 작은 미물 내 눈에도 내가 보이지 않는
내게 시가 무어냐골 랑 묻지 마오!

바람 골 산 아래 바람도 자고
말짱하게 빛으로 뜰 하나 가득 채운 우주

그대들 내게 시가 뭐냐고? 아니 내게
왜 사느냐고 그대여 묻지를 마오!

살랑대는 가을빛에 누워
시가 뭐냐고 묻고 묻다가
왜 사는 것부터 몰라 이런 지껄임
머리 숙이고 입은 다문 채 다시 묻는다.

2007년 9월 17일 월요일 오후, 서하리 글방.

낮에는 잠자다가 전화가 와서 뛰어 일어났더니 끊어졌다. 어제부터 밀렸던 신문을 펼치니 온통 서른다섯 살에 동국대학교 교수였다가 쫓겨난 신정아씨 이야기다. 그의 남자였다는 청와대 정책비서실장 변양균, 쉰아홉 살짜리 남자와 연애하는 사이라는 둥 그 여자가 옷 벗은 사진이 「문화일보」에 나왔다는 둥, 신 씨가 예일 대학교 박사학위를 받았다고 거짓으로 서류를 내어 교수가 되었는데, 그게 다 높은 놈들의 도움 때문이라는 둥, 돈을 엄청나게 많이 움직였다는 둥, 온 신문들이 모두 다 아가리들을 딱 벌리고 있다.

세상이 너무 유치하고 더럽게 느껴져서 고개를 돌려도 기분이 칙칙하다. 누가 높은 놈인지 누가 귀한 놈인지를 도무지 모르겠다. 다음 대권에는 누구누구가 나와 서로 대통령 깜이라고 우긴다는 둥, 이명박, 권영길, 손학규, 정동영, 유시민, 이해찬 따위들이 다 나와 설친다. 왜국에서는 아베가 실각하여 나가고 새로운 우파 후쿠다가 정권을 잡을 거라는 둥 시끄럽기 짝이 없다.

이 세상살이가 참 더럽다고 느낀다. 오랜만에 김명복 교수에게 전화하여 인사말 하다. 장인이 지난주께 돌아가셨다고 한다. 고려대 김희주에게서 전화를 받아 이 쓰다만 시를 읽어주었다. 좀 전에는 김선학 교수가 전화를 하여 반갑게 통화하고, 내 집주소를 알려주었다.

오늘은 증조모 제삿날이다. 아내가 광주엘 나가 제물을 사왔다. 나는 아침부터 뒷산에서 주어온 밤을 깠다. 아주 작은 밤톨, 고놈들 참 귀엽다. 저녁 티브이 방송을 들으니 제주도가 온통 물난리로 여러 마을과 밭들이 쑥밭 되어 사람들이 울먹인다. 감귤 감자밭, 올 추석대목이 한 순간 날아갔다고 한숨.

연세대 교무처장으로부터 아내가 전화를 받았는데 7천만 원만으로 보상을 마무리 지을 터이니 동의서를 써 보내란다. 고맙고 부끄럽다! 보상은 무슨 놈의 보상인가? 한 일이 무엇이라고! 부끄럽지만 그래도 받기로 한다. 동의서를 썼다. 내일 부칠 판이다. 임성래 교수에게 이 말을 전하다. 명예교수 건은 국문학과에서 올려야 한다니까! 보상이 끝나면 그 일도 처리하겠노라고! 새람이 한결이가 와서 제삿날이 좀 덜 을씨년스럽겠다.

413

한가위 무렵 법성포 굴비들의 여행

둥근달 밤 되면 어디 뜰까 서성이던 발길
법성포 포구에 들러 잠시 눈길 주는 사이
그 바닷가 힘 오른 굴비들 마음껏 헤엄치다
어부 손에 잡혀 어깨에 굵은 밧줄 차례로 묶여
여기 저기 떠날 차비로 달빛 따라 두리번거린다.

오늘은 법성포 포구에서
아가미에 소금깨나 물린 굴비
두름으로 엮여 내 집 서하리 산 아래 하염없는 눈빛
몸을 눕히고 있구나!

아하 이 법성포 굴비 두름
조선대학 교수 조각가 김인경 웃으며 거 왜
내 제자 아무개가 법성포 굴비 왕자라
그들 굴비떼들 몰아 형네 집에 가라 일렀다고 껄껄, 껄껄!

한가위 달은 마음껏 부풀어 올라 어디 뜰까
지금도 누구 눈에 띄어 가난한 농부나 선비
입질에 올라 야금대며 먹히는 굴비 꿈 지켜보며

사람들 마음 알다가도 모르겠노라!

법성포 굴비두름 내 마루에 누워 긴 한숨으로
김인경 원망할까 정현기 이 인간을 욕할까
두리번대며 내 몸 맛에 대해 곰곰 생각 중이다.

한가위 달은 지금 어디 떠 있을까?

2007년 9월 19일 수요일 아침, 서하리 글방.

어제 학교 갔다가 집에 오니 법성포 굴비두름이 떼로 누워 내 집 마루에 널부러져 있다.

거 누구 일인가? 자세히 보니 조선대학교 미대교수 김인경의 마음꼬리표가 붙어 있다. 전화로 인사하니 껄껄 웃으며 그거 한번 맛봄이 어떠한가 한다. 제자가 법성포에서 그 '굴비 왕자' 노릇을 하는데 싸게 주고 보냈노라 한다. 누군가 평생 남의 등이나 쳐 먹던 버릇이 아직도 남아, 나는 그저 망연자실! 누군가에게 이런 걸 보내본 적도 없이 받아만 버릇한 내 몰골이 가엽다.

아침에 박경리 선생께 전화를 하였는데 무척 힘들어 하신다. 연세대학교에서 결정한 내용들에 대한 알림 전화를 차례로 하였다. 백경선 교수, 김정수, 주채혁, 김영근, 권근술, 모든 이에게 전화로 알렸다. 어제는 정창영 총장에게 전화하여 미안하고도 고맙다는 인사하였다.

아침에는 햇볕이 쨍쨍 내리꽂힌다. 어제 저녁에는 김희주로부터 긴 전화를 받았다. 뭐랄까! 글 쓰는 재주 문제와 남들과 어울리는 문제 이야기였다. 이제 내 밀린 글 빚을 갚을 준비를 해야 한다. 좀 피곤하다. 모두 고마운 분들 덕에 겨우 내 삶을 버티고 산다.

414
시 제2호

아침 해 쨍 높이 떠
뜰 앞 풀잎에 닿자
내 가슴 한복판
입 크게 벌려
큰 소리 외쳐
아아 아프다!

아침 해가 웬일로 쨍 떠서
내 가슴 빼근해
아아 아프다 아파!

2007년 9월 23일 일요일 아침, 서하리 글방.

오랜만에 아침 해가 쨍하고 빛난다. 아침에 일어난 아내가 배추밭을 민달팽이가 온통 갉아 망쳐놓았다고! 아이구구, 아이구구 허리 아프다고 난리다. 밭에 나가보니 비닐을 깔지 않고 심은 배추라 계속 이어 내린 빗방울에 흙탕물이 온통 배추 속고갱이를 덮었고 민달팽이들은 갉죽갉죽 웬만한 잎은 다 갉아 먹었다. 여러 마리를 잡아 밟았다. 농부들의 농사법에 왜 비닐이나 농약이 들어갔겠는지를 가늠해 본다. 편하니까!

그런데 마당에 허브 풀들이 햇볕을 보더니 모두 고개를 숙이고 시들해 한다. 햇볕이 싫다는 얘기여 뭐여! 알다가도 모를 해와 풀과 땅과 사람이다. 오랜만에 해를 보니 가슴이 뻐근해져서!

오늘은 광주 장날이다. 추석 제수꺼리는 제자들이 다 보내왔다. 이상진, 김명석, 이승윤, 임금복 박사들이 골고루 고기다 버섯이다 배다, 또 옛 제자 천옥현은 허리가 아프다면서도 아주 비싼 과일에다 내 건강 챙긴다고 6년근 홍삼 액을 많이도 사왔다. 최인호 교수는 천주 큰 상자 하나를 보내왔다. 제자 노릇하기도 참 힘든 일이다. 어찌 잊지 않고들 이러는지! 아니지 사는 게 다 힘든 일이지! 아우디를 타고 다니던 이 귀부인이 글쎄 이번에는 베엠베 734인가 뭔가를 결혼 26주년 기념으로 남편에게서 받았단다. 좀 부러워해줘야 하는데 내가 그걸 못해서 미안할 뿐이다.

그래도 마음 고운 진광중학교 제자이니 그렇게 잘 사는 게 고맙다. 지금 막 전화 문자가 '검푸른 하늘 둥근 달 떠오르듯 환하고 푸른 한가위 맞으소서! 채희완' 이렇게 왔다. 내가 답하여 보낸 글은 이렇다. '으이고 그그저께는 희환 형 안주로 술깨나 퍼마셨는데, 강석경 유재원 이빨자국 아프지는 않았겠지!' 이렇게 보냈지만 실은 강석경 씨는 채희환 형을 잘 모른다. 유재원과 나만 그를 안주로 삼아 낄낄 껄껄 웃으며 마시고 노래 부르고 밤을 패었다. 그게 지난 목요일 저녁이었나 보다. 내 광주 입성 시간이 새벽 3시 반이었으니까! 〈호질〉 양지은 차로 비오는 거리를 헤매며 오느라 오금깨나 저렸었다.

415

기지제국 미국 되맞을 화살촉

힘이 세면 모두 죽일 수 있다. 힘없으면 죽어야 한다? 정말? 미국인 정치학자 더글러스 러미스, 『경제성장이 안되면 우리는 풍요롭지 못할 것인가?』를 써서 우리 사는 나날들 속 절없는 노예 됨 판 까닭, 그 미국 컴컴하고도 칙칙하여 구린 뒷심 밝혀주더니, 「왜 제국이면 안 되는가?」「녹색평론」 2007년 9-10월호 70-71쪽 글로, 미국 망가져가는 이유를 밝혀 아하, 참 미국 사람 기막힌 애국심 알게 하는구나!

아테네 라케다이몬 전쟁 때, 아테네 힘센 병사들 에게해 작은 섬나라 멜로스에 상륙, 멜로스 대표들 불러 대화 자리에 놓고 가로되; 힘센 우리가 너희들 힘 약한 멜로스 섬을 왜 파괴, 정복하지 말아야 하는지 그 이유 설명할 수 있느냐? '권리는 동등하게 힘 있는 이들끼리 얘기고 강자는 하고 싶은 대로 죽이고 부실 수가 있도다, 약자는 마땅히 고통 받아야 하는 게 이치 아닌가? 그걸 너희 약자들도 익히 알고 있으렸다!' 투키디데스 기록하되; 멜로스 섬, 사람들 기를 쓰고 강력하게 변호하여 애걸, 아테네 사람들이여! 그것은 강한 당신들을 위해서도 반드시 지켜야 할 법도이니; '우리 사람들의 공통된 보호 장치, 곧 위험에 맞닥뜨려 공정함과 올바른 사람됨 요구가 허용되는 특권을 파괴해서는 안 되는 것' 그것이 당신처럼

강하다고 믿는 사람들이나, 위험에 맞닥뜨린 약한 우리를 위해서도, 지켜야 할 사람의 길 아니겠는가? 게다가 당신들은 마침 운이 좋아 이렇게 강한 쪽에 섰지만 누가 알겠는가? 당신들도 약자로 서게 될지 누가 아는가? 그러니 우리를 살려야 해, 살려, 살려줘! 우리는 그것을 이렇게 요구하는 바이다.

껄껄 웃으며 아테네 칼잡이들, 공정함과 올바름이란 강자에게는 통하지 않는 법, 칼이 곧 법임을 너희들이 모르는구나! 하하하 깔깔깔! 또 그런 불운! 멸시의 눈초리 꼬나 뜨며; '그런 위험, 아테네인들은 이미 받아들일 준비가 되어 있단 말이로다! 하하하!' 직신작신 멜로스인들 다 밟아 죽이고 나머지 여인들 노예 삼아 짓밟고, 짓밟아 죽여 없애는데 열을 올렸다고, 멜로스 사람들 죽어가며 예언자 역할 한 거라, 애국자 러미스 미국에 던진 말이다. 그런 자만의 아테네 칼잡이들 시라큐스 침략에서 철저하게 궤멸, 고통이 엄청났고 많은 병사들 가운데 살아 돌아간 놈 없었다고 썼다. 자만심, 히부리스! 블로우 백! 되 맞을 화살촉! 미국은 그런 운명 속에 자만심만 가득 찬 폭력 전 세계에 뿌려, 뿌려 그 죄악 어찌 하려느냐 한탄, 한탄하여 참한 미국인의 참 고뇌 알겠노라! 시는 이렇게 자만심 알려주는 예언자 같은 것, 러미스도 시인인가?

강자로 믿는 자만심 등짐 진 화살촉,
화살 되 맞아 해 어서 지기 바라, 바라
시인은 눈에 뚜렷한 마음 집짓고,
한가위 보름달 뜨듯 어느덧

해 지자 달 떠올라
서럽게 가난한 이 옷자락 비추어
다독인다, 다독다독! 별도
깜빡이며 깜빡깜빡! 약한 이 서러움 달래는구나!

2007년 9월 23일 일요일, 서하리 글방.

오늘은 광주 장날이다. 장을 보러 가리라 하고 기다렸는데 깜빡 졸음이 와서 잠이 든 사이에 아내와 새람이가 장엘 다녀왔다.

정한숙 선생에 관한 글을 좀 이어 써보려고 앉았으나 진도가 나가지 않는 판인데 한결이 친구들, 전재철이 부부가 작년에 낳은 아이 호진이를 데리고 왔다. 백규서 사장 부부도 왔고, 김영철 군도 와서 집안이 그들먹하다. 김경미 시인으로부터 전화 문자 축복을 받았다. '만사가 편해지는 추석 맞으시길 빌구요. 가을 청명이 선생님과 가을 내내 함께 하길요!' 변영순이도 추석 집 한 채를 그려 축하 메시지를 보냈다. 재주가 아주 묘하다고 써서 답장하다.

416
양재천에 뜬 달은 무효

양재천 숲길에도 달은 뜨고
걷고, 걷고 뛰고 또 뛰고
맑은 공기와 근육단련과 건강과 돈과 즐김과 빼김
너도 나도 이제는 건강이다 건강
힘도 있고 돈도 있고 이제는 건강이다 건강
서울의 달빛은 커졌다 작아지고 커 있다가 작아지고
초호화 집 불빛도 휘황하게 빛나던 거리
한가락씩 달빛에 어른대는 어깨 힘센 어깨
쫙 벌린 어깨들 양재천 숲길
서울의 달빛은 고고하게 높이 떠
비틀대는 몸 그림자 숨을 곳이 없겠네.

그제 본 양재천 달빛은 무효다.

이유는 없다 달빛이 그렇게 거만해서야
몸이라도 숨길 곳 마음조차 숨길 곳 없겠네.

2007년 9월 27일 목요일, 세종대학 광개토관 621호실.

추석은 잘 보냈다. 가람이 부부가 왔고 한결이 친구, 한별이 친구들이 와서 집안이 떠들썩하였다.

그날 밤은 양재천 냇물가에서 달맞이를 하였다. 최동호 교수를 불러내어 천옥현, 최정임이를 꼬인 결과다. 옥현이가 양주를 들고 왔는데 그걸 셋이 다 마신 거다. 양재천은 참 웃기게 만든 구조물이라는 느낌이다. 타워팰리스가 드높이 솟은 곳 어두컴컴한 숲길을 걸으니 참 묘한 생각이 다 들더라. 도둑 촌이라는 느낌!

아니나 다를까. 빈이라는 와인집에 들리니 와인 값이 한 병에 23만원에서 26만원 29원씩이다. 눈이 휘둥그래서 입을 닫으니 최동호 교수가 맥주를 시키는데 그게 병 당 4만원이었나? 기네스 흑맥주였는데 조그만 병 하나에 4만원이라! 분한 건지 억울한 건지 도무지 갈피를 잡을 수가 없었다. 이걸 누가 마시나 도대체!

착잡한 생각이 오가는 사이 하루가 또 갔다. 어제는 이상진, 김명석 두 제자가 집에 왔다 갔다. 다시 일상으로 돌아온 나를 바라보며 아내가 싸준 김밥을 먹었다. 강의 준비 시작!

417
크고 보기 좋고 비싼 것들의 입

가을철 되자 버섯들이 난리다.
크고 좋고 비싼 것들의 잔치
능이, 표고, 송이, 별의별 버섯들 숲 속 나무 밑에 자라
습기와 빛을 피해 조용히 숨 쉬다가 들켜 곡경들 치르고 있다.

나는 뒷산 참나무 둥치에 솟아 여러 가달로 솟아, 솟아
여린 잎으로 숲속 공기 조금 마시고 있다. 이름?
그게 좀 그렇다.

크고 좋고 이름깨나 빛나 비싼 것들은
이미 손 커 큰 입들
뱃속으로 들어가 하하하 껄껄껄
속절없이 사람자리 뒷배나 봐주다가
이름난 값 치르느라 바쁘고 고달팠다.

참나무 둥치에 솟아 볼품없는 송이송이
작고 보잘 것 없는, 3천 원 한 됫박짜리
가다바리라는 쪽바리 말로도 불리고
헐크, 글크라고도 불리며 시간에 쉽게 시우는

참나무 밑둥 값싼 버섯 자리에 앉아
가난한 문인 밥상에나 오르겠노라
좋고 비싸고 큰 송이 능이 모든 버섯들
너희들처럼 잘나가는 종자들 입맛
그 찢어진 입 보는 재미
그윽한 버섯, 참나무 밑에 앉아
생각에 생각 다듬는다.

2007년 9월 29일 토요일 정오, 서하리 글방.

오늘은 늦게 일어난 아침부터 뒷산에 올라가 밤을 줍다가 버섯이 눈에 띄어 어제 광주 장에 가서 사온 참나무버섯이 여기 있다는 걸 알았다.

가다바리라는 말 때문에 이 놈에 대해 알아보려고 인터넷에 들어가니, 그게 여러 이름으로 불리는 참나무버섯인데, 늦가을에 나오는 것으로 아무나 마음만 있으면 따다가 데쳐 절여놓고 오래 별러 먹기도 하는 좋은 식품이라는 거라! 예라 나도 좀 따보자 하고 뒷산엘 올라가 보니 지천으로 널려 있는 게 이 버섯이라! 금세 한 바구니를 따다가 데쳐 놓았다.

김장감으로 심어놓은 배추밭 배추를 갉죽대는 민달팽이를 조금 미워하기로 한다. 배추들은 그놈들이 지나간 자리마다 요절이 나서 지지러진다. 잘 자라지 못한 배추들에게 비료를 준다고 아내는 밭에 나가 꿈틀댄다. 꼼지락꼼지락 잘도 움직인다. 운동 삼아 하려니 하고 미쁘게 여길 뿐!

구자명 소설론을 다시 쓰기 시작하여 몇 장 썼다. 잘 굴러가겠지! 작가 임해리 씨로부터 전화를 받았다. 긴 통화! 조만간 다음 주쯤 만나 술 한 잔 하면서 긴 이야기를 나누자고 하고 통화 끝냄! 김화영 교수가 전화기를 끊고 소식이 끊겼다. 여러 번 전화해도 불통! 프랑스에 갔나? 답답!

418

한글날, 없어진 날과 나

누군가 내 시간 다 집어 삼키고
눈을 뜨면 하늘만 눈 하얗게 떠
촛불로 마음 달래던 밤도 이내 내 시간
마음속 힘꼴 불현듯 앗아가는 벌레였구나!

벌레에게 뜯겨 잃어버린 내 삶 한판
못자리 빈 들판 되어 휑덩그레 비어가는구나!

2007년 10월 9일 화요일 아침, 서하리 글방.

요즘은 이 방을 막내둥이에게 점령당해 글 남기기가 어렵다. 어제 561돌 한글날 국경일 기념 학술발표회, 외솔회에서 주최하고 국립국어연구원, 한글학회, 세종대왕 기념 사업회에서 후원한 「세계화 속에서 우리 학문의 중심잡기」 행사장 프레스 센터에 가서 세 번째로 내 「문학의 날개이론으로 읽는 우리 말글」을 발표하였다. 276장짜리 원고를 18분 만에 끝냈다. 그래도 반응은 아주 좋았나 보다.

일본 초기 유학패들과 요즘 미국 유학패들의 한 몰골인 발쇠꾼 이야기가 박영식 장관을 자극한 모양이었다. 박 장관이 마지막에 올라가 한참동안 자신의 발쇠꾼 됨에 대한 시대적 분위기를 이야기하였다. 정현기가 자기를 발쇠꾼으로 규정지었다고 하여 모두들 웃었다. 내 입초사라니! 내 스승 박영식 장관님도 미국 유학파라는 말이었고 그들 가운데 발쇠꾼들은 있게 마련이라는 말씀! 아니 서울대학교 교수들 가운데 미국 유학패가 90%가 넘는다는 한심한 나라꼴 이야기였다. 이인직, 이광수, 김동인들을 그런 발쇠꾼으로 읽어야 하지 않겠느냐는 내 소설사 이론!

김영희 교수가 대구에서 올라와 서울역에서 만나 참을 먹고 회의장에 갔다. 임용기, 김영명, 최규련, 박경혜, 최기호 선생들과 2차 술자리 모임을 가졌다. 중간에 강은미가 와서 합석하여 떠들썩한 자리가 되었는데, 오늘 원주 연세대 강의를 위해 일찍 가겠다는 박경혜 선생을 붙잡아 강제로 술을 먹였는데, 오늘 아침에 전화하니 받지를 않는다. 슬그머니 걱정!

어제는 새람이가 운동하다가 쓰러졌다는 아내 전갈로 일찍 집엘 왔는데, 오늘 그대로 출근하여 마음이 좀 놓인다. 저혈압이어서 걔가 카메룬에서도 그런 적이 있다는데, 아내가 겨우 업고 들어온 모양이라 많이 놀랐다. 새끼들, 아내 아프다는 소리는 늘 가슴을 철렁하게 하는 출렁출렁! 내 이 출렁거리는 가슴 삐걱거림은 언제 그치려는지!

419

안개 낀 하늘에 마음 하나 걸리다

어제 떴던 해 또 솟아
안개 낀 서하리 아침 벌판에 빛으로 내리고
그날 밤 애타게 울며 왜 사느냐고 묻던 내 큰 아들
별은 너무 크고 먼 곳에 가 있어, 있어 때로 때론 시시때때
가끔씩 울음으로 반짝이는 네 모습 아침 하늘에 걸려
가슴 에던 소리, 통곡소리! 소리, 울림소리, 소리 울림
지금도 귀에 쟁쟁 쨍쨍한 햇볕 아래
빈 하늘 별빛으로 스러져 숨은 마음 하나
덩그러니 떠 있다.

2007년 10월 10일 수요일 아침, 서하리 글방.

어제 밤에 한별이와 통화하다가 큰 흐느낌과 울음소리에 내 마음이 번쩍 하고 열렸다. 어려서부터 걔를 너무 큰 아이로만 알아 일일이 내팽개쳐 두었는데 지금은 벌써 서른을 훌쩍 넘긴 청년이다. 그런데도 그는 삶의 험한 파도 속에 첨벙 뛰어들기를 못 견뎌한다. 올해 10년 만에 북경대학을 나왔으니 나이도 많은 늦둥이

를 누가 일자리에 불러가겠는가? 기업 쪽으로는 걔가 갈 아이가 아니고! 남의 심부름꾼으로 평생 살기는 내가 말려 놓았으니 이걸 어쩌면 좋을지 몰라. 얘가 어제 밤 흐느끼며 울던 큰 울음소리가 아침 내내 귀에 쟁쟁 울려 아리게 다가선다. 너무 걔를 내팽개쳐 놓은 거나 아닌지! 10여 년 동안 남의 나라에 가서 외롭게 버티고 있었으니 그 간난신고가 오죽하였겠는가? 너무 큰 것을 걔에게 기대하였던 내가 그리 신통한 위인은 못되지! 좀 자주 전화라도 해 줄걸!

서하리 아침 안개가 천천히 걷힌다. 연인선 박사 답장이 와서 다시 그 답장을 썼고, 심현주 박사에게도 긴 편지를 썼다. 독일 책 옮기는 일에 대한 내 뜻을 전한 거다. 새람이가 오늘은 그래도 일어나 어제 만든 만두 한 개를 먹고 갔다.

420

무 씨 한줌 네 몸에 부리고 나니

지난여름
무 씨 한줌 땅 팬 흙속에 부리고 나니
네 몸에 난 씨앗들 비바람 몹시 불던 온 여름 가을 내내
장마며 비바람 씻긴 땅에 겨우 실뿌리로 목숨 이어
아우성치는 잎새들 버티는 실뿌리들
가끔씩 큰 통곡으로 울다 지쳐 그렇게도 가는 몸꼴 되었구나!

네 흐느끼는 울음소리 바람결에도
간혹 살랑이듯 내 귀를 간질이더니
네 몸에 달고 나선 잎들 성큼 자라
네 울음이 장난치는 게 아니었음으로 알겠노라!

무, 튼실하게 자랄 무야, 무야!
저 무성한 여름철 비바람 딛고 선 네 모습
장대한 뿌리로 자라 그 한 몸들 바쳐
불쌍한 우리 한 살이 지켜줄 무야, 무야!

오늘 아침 네 몸에 흙을 입히며
바람 잔 날 햇볕으로 또 한 차례

지나갈 네 몸통 커나갈 날들 기다려
빌고 빌며 들끓는 네 한 살이 조용히 바라본다.

2007년 10월 10일 수요일 정오.

서하리 글방에 앉아 있다. 아침결에 아내와 함께 텃밭에 나가 가느다란 무 뿌리에 흙을 입히며 여러 무리 무를 뽑아 다듬어 놓았다. 이웃집 어른에게서 요소비료 한 부대를 빌려왔다. 아내는 그걸 준다고 밖에서 아직도 호미를 들고 일한다.

박경혜 선생에게 문자 보내어 행여 시간이 있으면 싱싱한 열무 가져가라고 하였으나 마침 아내가 친구 어머니 돌아가신 상가에 가는 날이라 아차 싶다.

어제 한별이 전화통에 불어놓은 울음소리가 아직도 귀에 쟁쟁한데, 이 무들을 보니 너무 안쓰럽게 뿌리가 가늘다. 내 큰 아들 삶의 뿌리가 저런가 싶어 또 한 차례 마음이 스산하다. 너무 예민한 아이! 삶의 이 무식하고 비정한 부질없음에 온통 몸부림치며 발버둥치는 게 눈에 선하다. 방금 한별이에게 전화하니 아직도 아침참을 챙기지 않은 모양새다. 그래도 밝은 목소리 듣다! 내 눈에 눈물이 흐른다!

모레 정한숙 선생 기념 강좌에 무언가 지껄이러 갈 준비로 마음을 다잡는다. 아침 짬에 임성래 교수 전화 받다. 오늘 내 명예교수 신청서를 학교 사무실에 보냈다고 한다. 다음 주 수요일에는 원주에 간다고 약속하였다. 박경리 선생님 뵈러가기로 하다. 담배를 다섯 가피 또 피웠다. 냄새가 싫은 담배!

421

가을비 축축한 숲길

누군가 하늘에 올라가 물장난이라도 하나 보다
가을비는 내리면서 남북 정상 만나 잘들 말 나눴노라
얼마나 힘든 60여 년 해와 달
미움도 원망도 그리움도 키워 왔다고 가을비
노무현도 김정일도 적시며 축축하게 내리는구나!

안중근 이야기 하나 내 옆에 심어놓고
주채혁도 윤원일도 마음 속 내 옆에 앉아 흐린 가을 하늘 보겠지.
숲 길 따라 땅속 스미는 거름 물로 흙 젖어
오랜 해와 달 남북으로 이웃 헤어져 눈물 지새우던 시월
가을비로 촉촉하게 내리는구나!

가을비는 빗방울로도 마음을 내려 앉혀
조용한 몸짓 앉아있는 무 배추들 힘 북돋는구나!
기다리던 가을비 남북 정상 만난 만큼씩
하루치씩 잔뜩 자라 너희들 힘차게 자라라
자라라 나도 잔뜩, 잔뜩 비노라! 빌어!

2007년 10월 19일 금요일 정오, 서하리 글방.

요즘 며칠 동안 와장창 쉬고 놀고 마시고 놀고 그렇게 놀았다. 그저께는 원주 박경리 선생님을 뵙고 왔다. 점심 식사를 임성래, 윤덕진 교수와 함께 하였다. 이 이야기를 「한국문학」 11월호에 싣겠다고 정건영 형이 독촉하여 아제 56장을 써서 보냈다.

오늘은 〈우학모〉 회장단 인수인계하는 날이다. 대학로 〈호질〉에서 5시에 만나기로 약속들을 하였다. 아침에는 최완열 형뻘 되는 이길구 님에게서 전화를 받았다. 소송 문제로 만나기로 한 약속, 오후 4시에 5가 기독교회관에서 만나기로 하다.

주채혁 교수로부터 안중근 기념사업의 한 끈인 안중근연구소 설치 문제가 골치 아픈 내용으로 흘러간다는 것을 알았다. 윤원일 총장에게 전화하여 걱정 말라는 말을 듣고 이 글을 쓴다.

422

10월 무서리 내린 날 호박꽃

양력 시월 스무날 문득 찬바람 모질게 불어
사람들 모두 놀라 어허 추워 웬 추위
덜 자란 배추 무도 서리 맞은 밤 풍경 하얗게
반짝이던 날 새고
이웃 집 할머니 서리 맞은 호박은 자라지 못한다고 이른다.

여름 내내 비바람 쳐 지구가 추 더위 못 가리게
석유 군불깨나 때더니 온 몸에 상처로 구멍도 숭숭
열대 우림이라나 뭐 속나무들 장렬하게 잡아 족치더니
과학문명 먼저 일으켰노라 뻐기고 부르릉 드르릉 꽝꽝
나대던 나라 미국 시침만 떼고 하더니 시월
스무날에 이런 추위 다가와 호박조차 시들게 하는구나.

무서리 맞고도 성성한 풀 사람 어디 있겠나?

시월 스무날 어젯밤 무서리 내려 가을걷이
미쳐 못 마친 농부들 마음 하얗게 쪼그라뜨리는구나.
아직도 요란한 햇볕 창밖에 부서지는데
지구 몸살 앓이 네 마음에 닿아

시월 마음조차 서늘해지는구나!

2007년 10월 21일 일요일.

정오를 넘기고 서하리 글방에 앉았다. 그저께는 〈우학모〉 다음 회장 임기 인수인계하느라 대학로 〈호질〉에 모여 많은 사람들이 북적이며 하룻밤을 보냈다. 누가 모였었나? 구연상 박사, 이승윤 박사, 오태권, 하태욱이 영국에서 돌아와 오랜만에 만났다. 하 군 박사 학위는 논문을 제출한 상태라고 했다. 내가 불러낸 손님들이 많았다. 임해리, 김명숙, 천옥현, 김희주까지 와서 즐거운 만남을 가졌다. 20만원은 구 박사가 〈우학모〉 회비에서 내고 나머지는 천옥현이 냈다.

광주 오는 길은 김희주 차로 밤길을 달려 옥현이까지 타고 우리 집에 나를 부려놓고는 갔다. 그리고 어제는 연세대학교 관리과학대학원 가을 특강에 나가 긴 시간을 원주에 가서 중얼중얼 크게 떠들고는 바로 되돌아 집에 왔다.

강의 하는 중간에 김화영 교수 전화가 왔다. 실례한다며 전화를 끊었다가 강의를 끝내고 나서 통화하였다. 한결이와 김경래 군이 와 있어서 집안이 가득 찼다. 오늘은 늦은 아침부터 겨울차비하느라 분주하다. 뒤꼍에 세탁기를 내놓아서 그걸 갈무리하느라 아내가 어제부터 난리를 친 모양이다. 작년 2월에 이사 온 이래 쌓아놓았던 잡지 책 무더기와 봉월이가 거두지 못한 채 두고 간 집 살림살이들을 정리하는 모양이다.

나는 너무 피곤하여 자고, 자고 또 자려고 한다. 20일 토요일에 막내딸 새람이는 미국 출장을 떠났다. 1주일 일정인 모양인데 걔 떠나는 날 여비도 보태어주지 못하고 나는 원주로 직행한 것이다. 부끄럽다.

〈우학모〉 총무를 셋으로 정해 그 일을 나누어야 하는데 아직 내 마음이 거기까지 집중을 못한 상태이다. 곧 편지와 함께 이사회를 모아야 한다. 쓱싹쓱싹 쇠톱질 소리가 뒤곁을 울린다. 나는 국수를 삶아 놓고 저들을 기다린다.

423

사형수 되어 독술 마신 하룻밤

누군가 셋은 사형수로 형 집행을 기다리며 어둡고 칙칙한 시간을 보내었다. 그 가운데 분명 나는 사형수, 무슨 죄목인지 모른 채, 사형수, 사형수 죽음을 기다리는 너, 독술 석 잔을 찡그리며 마신 다음, 그대여 죽음이 오기를 기다리는구나. 죽음은 아직 오지 않고 뱃속에서 아픔이 깊은 찌름으로 다가오기를 이제나 저제나 기다리던 너 그대여 갈 데 없는 사형수라니! 밤은 삼경을 넘긴 새벽 4시40분, 무엇이 너를 죽이라는 판결까지 내려 독술까지 석 잔씩 먹여놓고 죽는 그 시간만을 기다리는지, 간수는 내 몸 이끌고 장지를 향해 떠나는구나. 나는 간수에게 수작 부려 '나 장사지낼 가족들 불러 아예 그곳 장지에서 떠나갈 의식을 치르도록 해 줌이 어떠한가?' 물으니 안 된다고 뻗대는구나! 사형 선고를 받고 나서 내가 부르짖어 가로되, 아아 저 흉악한 오리 무리들, 탐관의 드높은 뫼 치솟으려 달리는 교육패들, 사악한 죄악 알리는 일에 왜 그리 게을렀는가, 가슴 치며 통탄하다가 마신 독술, 아직도 무거운 무게로 내 뱃속을 누르는구나!

밤은 삼경을 넘긴 새벽녘
온종일 쉬지 않고 집 가을걷이 애쓴 아내

끙끙대며 어깨 팔 주무르며 힘겨운 잠속을 뒤척이는데
너는 그런 어두운 사형수 꿈이나 꾸면서
무거운 다리, 저 지난 주 내내 힘써
보낸 나날들의 무게 힘겹게 피로 풀어내던
너, 하 신기하고 해맑은 꿈 한자리
네 밤중에 나타나 너에게 말한다.
네가 기다리는 것 그것 네가 갈 그곳 어디
네게는 이미 판결이 난 삶 판의 갈 길
아득하기는커녕 뚜렷한 죽음의 날로 너를
기다리는 집행이 남았노라고!
그런 꿈 꾼 네 머리맡, 달은 휘영청 방안에 스며
네가 그리 겨워하는 몸 뒤척임을 지켜보더구나!
달이 내 사형 집행관이었나? 해도 곧 떠
그 꿈조차 잃어버린 채 너는 두리번거리며
다시 네 삶의 텃밭을 어슬렁거리며
아지 못할 낮 꿈이나 또 꾸겠구나!

2007년 10월 22일일 월요일 새벽, 서하리 글방.

어젯밤 일찍 잠이 들었다. 도무지 다리가 무겁고 눈이 감겨 아내가 잠드는 시간을 배겨낼 재간이 없었다. 왜 이렇게 내가 힘이 들까? 곰곰 생각해 보니 중간고사 기간이랍시고 보낸 지난주가 내겐 무리한 일정의 나날들이었다.

지난 화요일엔 누군가와 심한 언쟁(?) 끝에, 한학성 교수와 심현주, 임해리, 김명숙 등을 만나 늦게까지 술 마시고 겨우 들어왔겠다. 막내딸의 '술고래 아저씨!'라는 놀림을 받았었다.

수요일, 일찍 일어나 박경리 선생을 뵈러 원주엘 갔었다. 새람이 차로 번천까지 가서 꺾어지는 버스 여행길 행보였다. 버스에서 좀 잔 것 말고는 피로가 쌓였겠다.

목요일 하루를 쉬고는 금요일 오후, 〈우학모〉 인수인계 절차를 위해 또 그렇게 늦게까지 술 마시고 얼씨구 노래까지 하였구나! 김희주와 옥현이를 늦은 밤 광주 집까지 오게 하고! 그리고는 토요일 원주행. 꼬박 90분 강의를 마치고 서둘러 집엘 왔는데, 잠결에 모두 계산해보니 나흘을 날치면서 떠다녔더구나!

그렇게 술들을 퍼마시고 나면 뱃속이 자꾸 찝찔한 것을 요구한다. 그 요구에 맞는 음식을 찾다가 보면 잠든 뱃속은 엉망일 터. 아아, 정현기 그대여! '당뇨를 조심하라! 술집 관상쟁이 말 전하던 임해리 씨, 말을 잊지 말 것!

424

깊은 우물 속에 잿빛 하늘만 뜨고

우물이 너무 깊다.
잿빛 하늘 고인 우물
네게서 보이는 치솟는 바람,
욕망의 끝
그림자로 걸린 달빛조차 너무 흐리다.

하늘에 뻥 뚫린 우물 하나
큰 가람 크기로 검은 빛깔 너무 깊다.
어둡고 흐린 눈물로 얼룩져
네 마음 속 우물 하나
눈 뜨면 스러지는 잿빛 하늘로만 보이는구나!

2007년 10월 22일 월요일, 서하리 글방.
저녁나절이다. 광주에 나가 신한은행 계좌 하나를 만들었다. 〈우학모〉 전용 통장이다.

에너지 위기와 전쟁, 도쿄 의정서 미국의 탈퇴, 부시 미국 대통령, 지구온도 바뀜 따위들에 대한 방송이 나온다. 어제 밤부터 우물 생각이 자꾸 나더니 결국 시커먼 물로 잠겨 오르는 우물이 된다. 욕망의 악귀들, 그들과 같이 살아야 하는 어린이들, 그들도 또 새로운 악귀들이겠지! 이게 모두 우리가 맞는 우물 풍경이겠다.

을씨년스런 하루가 또 간다. 피로가 좀 풀리고 고뿔 손님도 왔다 갔다 한다. 오랜만에 토마토 끓인 국으로 저녁을 먹으려고 한다. 오후 문득 박순희를 생각하고 있었는데, 지금 막 밝은 목소리의 박순희 시인 전화가 왔다. 밝은 목소리가 듣기 좋다.

425

늦가을 풋고추

벼르던 풋고추다. 서하리 버스
번천 정류장 쭈그리고 앉아 이 다 빠진 할머니 머리 위
탱글탱글 여문 풋고추 2천 원어치를 산다.
많기도 하다.
몇 번 무거운 보따리 버스 내림 짐 들어다 준
인연이 이렇게 무겁구나, 그냥 주겠다는 할머니
더 주겠노라 아니 됐시유 실랑이
구경꾼도 여럿 우리 엿보는데
아침 마수걸이 2천 원에 함박웃음 웃는 할머니
풋고추, 싱싱한 풋고추라

풋고추, 푸른 고추 맵기도 독하게 맵지
농약 맛보지 못한 고추 아무리 무성하고 장대한 대궁
꽃들 무성하여도 열매로 맺는 때부터 병
간질병인지 파킨슨병인지 파상풍이었나?
탄저병에 걸려 속수무책 꺼멓게 파여 뚝뚝
파랗거나 빨갛거나
떨어져 하염없이 농부 마음 졸이는데
오늘 이 고추는 얼마나 농약 맛보았는지

푸르고 싱싱하다.

그래도 아침마다 하남시장이다 명일동이다
임짐으로 여다가 낮참꺼리만 돼도 판다던 할머니
오늘 함박웃음 웃던 이 없는 할머니 풋고추
책 비우고 들어간 가방 속에서 낮잠 즐기고 있다.

지금쯤 깊은 잠 속에 들었겠다, 부럽다!

2007년 10월 25일 목요일, 세종대 광개토관 621호실.

이날 내 책 가방은 특별히 무거웠다. 거해 스님이 옮긴 두꺼운 법구경을 넣었기 때문이다.

그런데 안골을 지나 버스가 서자 그 노인이 짐을 들고 타신다. 벌써 여러 번째 이 노인이 큰 짐들을 들고 장에 나가 팔러 가는 발걸음인데 정말 무거운 짐 보따리들이었다. 가을이 익어가면서 넘치는 호박들이나 고춧잎, 풋고추들, 고구마 줄기 따위 농사지은 것들이 그냥 버리기 아까워 손닿는 대로 거두어 내다가 파는 모양이다. 동네 사람이 '아유 노인네가 그걸 뭐 얼마나 벌겠다고 그 고생이슈?' 하니 허허 웃으며 '점심값만 나와도 파는 거지!' 한다.

내가 이 짐을 가끔씩 1113-1 버스 정류장까지 들어다 드렸더니 이 빠진 웃음으로 그렇게 미안해한다. 그런데 이 날은 짐이 별로 크지가 않다. 서리가 내린 적이 있어 거둘 식물이 줄어드는 모양이다. 내가 들어드리겠다고 하자 안 된다고 손사래를 친다. 이 보따리에 무엇이 들었느냐고 묻자 풋고추란다. 그러면 이걸 제가 마수걸이를 좀 해야겠다고 짐을 풀어 2천원어치만 달라고 했더니 잔뜩 집어준다. 가방에 들어가기가 어렵겠다.

강의를 끝내고 전인초 교수 외솔상 받은 장소에 급히 달려가 인사하고 헤어졌다. 그전에 시간이 남아 김정하와 김남주들과 맥주를 2천 씨씨 정도를 마시고 부랴부랴 광화문 프레스 센터 19층엘 간 것인데 그만 모두 헤어지는 판이다.

김명숙을 불렀더니 삼청동 쪽으로 택시 타고 오란다. 임해리 씨도 와 있었다. 저녁을 먹고 이해림이 하는 〈평화만들기〉에 가서 늦게까지 해리 씨와 마시고 집에 왔다. 김명숙 씨는 일이 있다고 다시 파출소로 가 내가 집에 늦을까 안달이다. 이 날 하루의 내 일정이었다.

426

무 배추가 자란다

땅콩이 한 자루 마루에 놓였다 누굴까?
오늘 다시 고구마가 한 상자, 아하 오포 댁 어른이로구나!
웬 고구마가 이렇게, 땅콩 뽀얀 때깔 좋기도 해.

해는 솟아 아침 안개 걷어내고 배추와 무에게
자라라 얼러 손가락만한 크기 다시 팔목만 하게 자라
배추도 거미줄에 반짝이는 이슬 매달고 힘차게 푸르른 잎 솟구치는데
대권은 어디 떨어질 별똥별인가? '가정'이다 '행복'이다
다들 알고나 있다는 듯 떠들고 지껄이고 시끌벅적
가을해만 묵묵히 땅에게 일러 비와 바람
배추도 무도 키워, 키워!

가을이 노래한다, 땅아 흙아 해야 배추 무 얼른 길러라
곧 서리 내려 땅도 흙도 얼리면 저 사람들 시름 깊어질라!

내 집 마루에 고구마 한 상자 있다.
흙속 헤집던 땅콩도 한 자루 가을은 이렇게
이웃집 보살피는 정성과 사랑 익혀 달고

행복이나 가정
정치가들 덩달아 보태준다고들 입만 열면 지껄지껄.
가을 땅 파랗게 수놓는 무 배추도 정치 알까?
무서리 내린 날 아침 시든 호박잎들 보며
긴 한숨들 쉬는 농사꾼
정치 식물 온통 시끄러운 꽹가리 소리로 뒤발한 얕은 꾀
벌레 먹고 시든 고춧대만도 못한 눈망울로
환한 가을 해 낯 찌푸리게 하는구나!

2007년 10월 27일 토요일, 서하리 글방.

어제는 세종대에서 한 안중근 의거 100주기 기념 공개강좌에 다녀왔다. 조광 교수가 회장으로 있고 윤원일이 사무총장으로 있는 이 기념사업회를 세종대학에서 연구소로 만들어 주채혁 교수가 소장으로 일을 하게 하려고 하는데 반대패들이 꽤 있는 모양이다. 옛 교주 주명건 씨의 씨앗들이 그런단다.

함세웅 신부도 만났고 안중근 연구로 박사학위 받은 젊은 신운용 박사와 인사하고 이차로 술집에 갔다. 박춘노 사무국장과도 다시 깊은 이야기를 나눴다. 꽉 막힌 세종대학교 지식인 분위기를 다시 확인하다. '선생님이니까 그런 문제를 이야기 하는 거'란다. 중간고사 성적 입력이라든지, 시간표 따위 학교 행정이 이해하기 어려운 것들이 많아 이야기 하였더니 되돌아온 대답이었다.

모든 교수들이 순치되어 아무것도 말하지 못한단다. 으이구! 더러운 지식사회 지식인들! 또 이어 나흘째 술을 마시고 왔다. 새람이가 미국 출장 갔다가 어제 왔다. 날씨가 밝고 환하다. 아주 졸립다. 잠이나 자야겠다.

4부

외로움, 그래 외로움

427
별, 하늘에 새긴 우리 아 아버지, 어 어머니

'별을 노래하는 마음으로 모든 죽어가는 것을 사랑해야지'
왜국 동지사 대학교 뜰에 세운 윤동주 문학비에
'모든 살아 있는 것을 사랑해야지'라고 새겨
시인 정신 구겨놓은 왜국 마음들 어이없이 불쌍해!
아아 어쩜 저렇게도 저렇지?
'하늘의 별 보고 배 타 길 찾던 이들은 행복하여라!'
별빛 시인 윤동주,
그리스를 베껴 소련 격동하던 선동가 루카치
별은 죽어간 사람들 머리 위에 새겨져
죄 없는 이들 마음 달랜다.

별자리 읽던 옛 조상 얼굴조차 가물가물
저 고된 종질 애옥살이로 빛나던 기상 다 까먹고
너희는 별을 잃었구나!

『하늘에 새긴 우리 역사』 박창범 천문기상학 책 읽다가
천상열도분야지도 길 찾아 먼 길
세계문화유산에 오른 고인돌로도
과학적, 객관적, 절대적, 증거 증명

아무리 소리 질러 외롭게 외치는 광야에
백마 탄 의인 있어도 귀 눈멀어
왜국인들 오래전부터 세계라 동네방네 떠들며
조선은 가짜 역사라고 깔아뭉개도
조선은 참 조용한 나라로구나!

조용하고 착한 조선, 한국은 참 조용하구나!

2007년 10월 28일 일요일 저녁, 서하리 글방.

사촌동생 현주 큰 딸 해숙이 혼인식에 어제 간 아내가 한결이와 함께 돌아왔다.

이번 학기에 「우리시대문화탐험2」를 강의하면서 다음 주엔 주채혁 교수가 한 시간 강의해 주기로 하였고, 11월 셋째 주엔 유재원 박사가 한 시간 강의해 주기로 하였다.

전에 감동적으로 읽었던 박창범 천문기상학과 서울대 교수의 책 『하늘에 새긴 우리 역사』 김영사, 2002를 다시 그제부터 읽기 시작하였다. 여전히 감동은 그대로인데 답답함은 더욱 부채질을 한다. 일본학자들이 국제 학술지에다 대고 끊임없이 한국의 옛 역사책 『삼국사기』의 기상기록이 모두 가짜라고 씀으로써 서양 것들도 아예 한국은 천문에 어두운 나라라고 못 박아 무시하는 꼴이란다. 더러운 이웃 나라 왜국에 대한 멸시감이 자꾸 내 마음을 찌른다. 학생들에게도 이 책을 읽혀야겠다.

지난주도 나흘 별러 술을 마셨다. 오늘도 누우면 자꾸 졸리기만 하다. 일주일에 나흘은 좀 과하다고 나도 생각한다. 아내는 1주에 하루 정도면 괜찮겠다고 타이른다. 아아 졸려워라!

428

90일 동안의 배추 마라톤

배추가 달린다, 힘차게 때론
민달팽이도 따라붙어 잎을 갉죽이며 배밀이 하더니
이젠 그들도 중도탈락 배추만 달린다.
90일 동안의 마라톤 배추 너 맛있는 배추여! 60일짜리
때론 40일짜리 배추도 희멀건 낯빛으로 손님을 기웃 기웃
나도 배추라고 지껄이지만 90일
찬 서리 센바람 견디며 벌레와 씨름하고
농부 응원에 맞춰 달리는 배추는 맛으로 견뎌 참으랴, 참아
솜털 끝 물방울 땀투성이로 달린다.

아침 뽀얀 물방울 젖은 배추 땀깨나 흘렸나 보다.

날이 궂어 쌀쌀한 밤이면 궁싯대며 웅얼대는 밭주인
저 시름도 실은 90일 동안 흙속을 뛰며 달리는 배추여!
밤새 벌거벗은 몸으로 시린 바람과 이슬로 목욕하던
앞 날 30여일 남겨놓고 종착지 90일 향해
힘차게 자라고 달리는 배추여!

날 궂이가 두려워 시시 때때 밭고랑 어슬렁대는

밭주인아! 홀로 밭고랑 위를 달리는 우리들 자랑
너무 안쓰러워하지 말아라! 우리는 달린다,
눈 비 맞아가며 90일 동안은 밭고랑을 달린다.

2007년 10월 31일 수요일 아침 일찍, 서하리 글방.

어제는 주채혁 교수가 내 강의「우리시대문화탐험2」강좌에 와서「나랏말씀이 중국에 달아!」라는 제목의 강의를 하였다. 학생들이 열심히 들어주어 퍽 좋았다. 저녁에 맥주 넉 잔 정도 마시고 집에 왔다. 영문학과 김수연 교수도 불러내어 커피 한 잔 하고 갔다.

요즘 텃밭의 무 배추가 서리를 맞아 몸들을 움추리는 것이 눈에 뻔히 띈다. 저 배추는 지난여름 장마가 무성하여 밭이 질어서 좀 늦은 9월께쯤 심었나 보다. 앞 일지시를 보니 정확하게는 9월 2일자로 배추를 심었구나. 그러니 오늘로 치면 60일이 꽉 차지는 않았다. 11월 2일이라야 60일이 되는 것이다. 요즘 바깥 날씨가 여간 신경 쓰이는 게 아니다.

저 지난 주엔가는 찬 서리가 내리자 호박잎들이 완전히 힘을 잃고, 시들시들 달렸던 호박들도 더 자리지 못하고 살아있음의 존재 버티기를 힘겨워한다. 호박 하나는 새까맣게 빛이 바뀐다. 그래도 나는 그 호박들을 매일 살펴보면서 무 배추밭을 돈다. 무는 이제 아이 팔목만 하게 자랐고 배추들은 몇 몇이 몸을 웅크려가며 고갱이를 안을 준비들을 한다. 불함3호 배추라서 짚으로 묶어 주지 않아도 되는 것을 안 아내가, 묶으면 속고갱이 맛이 떨어진다나 뭐라나! 아는 척이 세다!

고뿔기운을 달고 어제 출근하였던 막내가 탱고를 추는 날이라나 뭐라나 1시가 지나서 돌아왔다. 그런데도 아침에는 멀쩡하게 일어나 출근한다. 나도 김밥 싸 달래서 학교엘 가야겠다. 작가 정연희 누님 소설집에 해설을 써 드렸더니 그 책이 나왔다고 출판기념모임에 나오란다. 약속 장소와 시간 일정을 학교에 적어놓은 채 왔으니 어째?

429
샴쌍둥이 배추에게

어제 네 몸뚱이가 붙어 있는 것을 보았다.
그게 다 못난 우리 부부 탓이지,
90일을 향해 달리는 너 배추야
네 몸이 붙어 있으니 달리기가 얼마나 힘들겠느냐?

홀몸으로 달려도 힘겨운 늦가을날의 너 배추야!
오늘 아침 네게 붙은 결 몸 떼어 보려고 서투른 수술 손을 내미니
너희들 그래도 60일 붙어 자란 정인지 본능인지 뽑힐 생각에 끝내 버티는데
몸통 큰 옆 배추까지 내게 뻗대며 반항을 하더구나!

잘라 뽑으려던 내 손 멈추고 네게
아하 미안코 미안하여 배추야
처음 너를 심을 때 붙여 심은 내 손목으로
다시 너를 뽑으려는 심뽀 고약한 내 심뽀
미안코 미안하여 너는 붙은 네 몸통으로
스산하게 부는 바람, 가을
찬 서리 견딜 너 샴쌍둥이 배추야

네 옆을 스치기도 차마 아아
삶은 왜 이리 뒤섞인 꼴통으로 지나가는지
묻고 물으며 네 힘겨운 몸통을 눈에 그린다.

2007년 11월 2일 금요일, 서하리 글방.

어제는 새벽 2시쯤 집엘 왔다. 작가 김자현이 내게 뭔가를 대접한다고 고급 양주 18년 산이라나 뭐라나 하는 것 하고 쇠고기 맛 좋은 것으로 사다가 〈호질〉에서 푸짐하게 차려 여럿이 모여 먹고 마시고 하였다.

세종대 학부생 주정현, 전소라를 데리고, 아 맞다 걔들이 춥다고 벌벌 떨어서 길가 옷가게에 데리고 가서 5천 원짜리 4천 원짜리 모두 합해 9천원을 주고 뜨듯한 옷들을 사 입힌 다음, 〈호질〉에 갔다. 그 싼 옷을 입고 얼마나 좋아들 하는지!

그 자리에 최기호 교수, 김인경 교수가 왔고, 백규서 사장도 왔다. 김명숙은 전화한다더니 지금 막 전화로 일찍 집에 가 곯아 떨어졌다고 한다. 그래서 전화도 못한 채 잠만 잤다고, 그거 아주 잘 한 삶이라고 격려하다.

그저 이쁜 양지은 친구 김지숙, 가정주부라는 분이 와서 같이 앉아 맛있게 김자현이 낸 고기와 술을 마셨다. 최기호 교수 차안에서 지난 추석에 받았다는 국화주 여나무 병에다가 양주 두 병을 비웠다. 맥주는 곁다리로 마셨다. 와장창! 김지숙 주부! 마음이 퍽 고와보이는 여인, 주부란다. 외롭고 힘들어 하며 살고 있는 김자현이 또 눈물을 흘리다. 고등학교 출신이라는 마음 멍에를 지고 사는 그래서 힘겨워하는, 그렇게 마음 착하고 서러운 인생, 정식으로 내 제자 삼는다는 선언을 하였다. 지은이가 그렇게 나를 부추겼다. 이쁜 사람! 자현이는 틀림없이 훌륭한 작가가 될 것이다. 「태양의 계곡(?)」이 아주 좋은 작품이었으니까! 광주 오는 차비를 지은이를 통해 주머니에 넣어 주었는데 꺼내 보니 10만원이다. 택시비 5만원을 주고는 또 내 지갑에 넣었다. 부끄러운 내 인생!

오늘은 새람이가 아침참도 못 먹고 출근하였다. 일어나니 8시였던 거다. 아내도 내가 늦으니 별 수 없이 늦잠에 떨어졌던 탓이다.

아아 샴쌍둥이! 어제 학교에 가다가 보니 배추가 붙어 있다. 아침에 이 곁 배추를 뽑다가 두 몸통들의 반항이 심해서 못 뽑았다. 걔들도 정이 들었나보다. 그렇게 운명을 사랑해야지!

아침 전화를 김명숙 씨와 강은미로부터 받았다. 대장암 치료를 해왔던 은미 어머니, 외아들 건욱이가 바라던 외대 부속외고 일본어과에 들어갔다고 들뜬 소식, 오랜 고심이 풀린 목소리여서 기뻤다. 그래서 은미는 어머니 퇴원시키러 천안행 버스를 탔다고 했고, 명숙이는 어제 푹 잔 덕에 경찰청에 가벼운 몸으로 간다고 했다.

배추 샴쌍둥이는 어쩌나?

430

고추 방앗간

하루가 어찌 갔는지 모르게 슬쩍 금요일을 먹어 버렸구나.

어젯밤이 꽤나 즐거웠나 보다!

해 높이 뜬 토요일,

아침나절 이웃 부인, 나이 드신 아주머니 손녀 딸 등에 업고

고추 방앗간 가는 차 왔으니 나오라

늪지대 강가를 돌고 아침나절은 고추 방앗간 행차다.

무더운 여름 내내 벌레도 피하고 병도 비껴간 고추

빠알갛게 붉은 고추

대굴대는 방앗간 기계들

웅웅 돌며, 돌며 방아는 돈다, 돌면서 씨는 씨대로 고추 살갗 마알갛게

몸 마른 살갗 모두 갈려 펄펄 나는, 저 꾀꼬리 노래, 가루

재채기가 여기저기 아주머니와 나도 콧불깨나 간질이던

고춧가루는 재채기다. 캑캑! 청양고추 씨앗 간 가루, 가루

마르셀 에메 「빠쎄 뮤레이이」 주인공 이름처럼 가루가루 펄펄 날며

토요일 아침나절 퇴촌면 고추 방앗간

많은 이들 입간질일 고추, 청양 고추도 한몫하며

가루로 태어난다.

온 봄여름 내 보시로 사람들 위하던 고추가 오늘
토요일 아침에는 가루된 몸들 또 다른 보시 찾아
다 내 갈리는구나, 곱게, 곱게도 갈려!

이 하루도 곧 고추 냄새로 다 가버리겠네!

2007년 11월 3일 정오를 지내며, 서하리 글방.

아침에 고추 방앗간에 다녀왔다. 머리도 바짝 자르고 1시간 반쯤 걸렸다. 이웃의 두 부인께서 도와주셨다. 모두 따뜻한 마음을 지닌 분들!

낮참을 새람이 깨워 먹고 나자 한결이가 왔다, 반갑다. 나이가 든 탓일까? 자식들이 집에 오면 그저 반갑다. 아내는 겨울나기 집 단속 하느라 뚜닥뚜닥 난리를 친다.

은미 고향 집에서, 부탁한 젓갈들이 택배로 왔다. 이제 한 발짝 두 발짝 겨울을 향해 다가선다. 배추도 입을 오므리면서 오므라들고 있고, 무는 옆 집 현정이네 집에 부탁하였고, 배추 100통도 현정이 엄마에게 부탁하여 주문이 끝나 김장 준비를 진행한다. 소금도 아마 그저께 다섯 포를 주문한 모양이다. 다가올 강추위만 막으면 된다. 아아. 하루가 내 앞에 가득 차 있다.

431

밤 낮 속에 네 우물

밤이 가고 낮이 오니
낮은 그럭저럭 햇살 바라 지내지만
다시 밤은 마음 옥죄는 어둠, 안개와 서리 낀
우물 자리 하나 앉아
밤과 낮 속에 네 폭풍 깊고 어둡게,
너를 보는 네 눈 거울로도 다가선다.

밤낮 너는 저렇게 멀리 서서
네 삶의 언저리도 모두
복판이라고 중얼중얼 그럼 그렇지
저울추 오르내리듯
지나가는구나!

2007년 11월 4일 일요일 아침, 서하리 글방.

어제는 하루 종일 아내와 새람이, 한결이가 움직이며 겨울 날 준비들을 하였다. 나는 고추방앗간에 따라갔다 온 일 말고는 한 일이 없다. 방들을 바꾼다고 난리여서 나는 새람이를 꾀여 광주 장엘 다녀왔다. 가면 뭘 하나? 쓸데없이 돈만 많이 썼다. 도루묵 열 마리에 1만 5천 원을 줬다. 보고 또 보고 하다가 결국은 사고 말았다. 7만 원을 은행에서 찾아 가지고는 그걸 거의 다 썼다. 아이들이 움직이니까 뭘 좀 먹여보고 싶은 생각에 들떠서 그랬다.

밝고 맑은 동쪽 해 뜨는 방을 딸에게 줘야 한다는 아내 주장에 내가 넘어갔다. 그래서 1년 넘게 부부가 잠자던 작은 방을 새람이에게 내주는 작업들을 온종일 하였다. 그래서 방을 바꿔 잠을 자고 일어났다. 그래도 세상은 여전히 그대로 있고 해도 크게 떠 있다. 기침 손님이 코를 간지럽힌다. 대접에 소홀해서야 안 되지! 도루묵 국에다 고춧가루를 듬뿍 쳐서 먹여줘야겠다.

요즘 연세대학교 정창영 총장이 곤혹스러운 일을 당해 총장직을 내놓았고 연세대학교는 물론이고 모든 사립대학교의 부정부패가 도마에 올라 야단이다. 빚이 많다더니 그예 그런 일로 망신을 당하는구나! 마음이 안 돼서 전화라도 해 주고 싶지만 지금은 때가 아닌 듯해서 참고 있다.

432

대낮에 불 밝히고

낮에도 불을 켠다.

화석문명은 휘황한 햇볕 흉내질 밤이면 밤

낮이면 낮, 한낮에도 불 밝혀

우리가 보고 듣는 것 모두 불 밝은 문명

쓰고 써도 또 쓰고 써 다 닳아

지구 몸통 다 헐어빠질 때까지 쓴다고 쓴다.

아우성소리 어디서 들리는 듯

눈과 귀는 가물거리고 저쪽 어딘가

누가 소리 질러 어어이, 어어이, 낮이 너무 밝다!

해는 서산에 뉘엿뉘엿 지는 그림자 무늬

21세기도 미쳐 다 살지 못한 채

대낮에 불 밝힌 사람들 눈 반쯤은 멀어

어어이 달리는 문명 바람 소리에 두 손 놓고 서서

너도 나도 달린다, 쌩쌩 잘도 달린다.

누구 짓이었나 몰라 기적소리 요란하게

울리던 바람 도둑질 소리

쨍쨍 해 뜬 대낮에 불 밝혀놓고 우물 서쪽과 동쪽
이 서하리 모퉁이에도 불을 대낮에도 밝혀

나는 대낮에 불 밝히고
납작해진 지구 위에 몸을 눕혀
속절없이 흘러가는 문명의 낮
하루 해 지는 불빛 하늘을 본다.

2007년 11월 4일 일요일 오후, 서하리 글방.

또 하루가 가고 있다. 오늘은 전화도 한 통 걸려오지 않았다. 나부터 일단 세상에 내 소식을 전하지 않았으니까!

마당가에 파 놓고 기르는 금붕어조차 물이 차가운지 물 겉으로 올라오질 않는다. 새람이와 바꾼 방에 아내가 예쁜 커튼을 치고 나는 온종일 누웠다 일어났다 한다.

어제 치 신문에는 이회창 전 대통령 후보가 다시 대통령에 출마하여 좌파 정권의 횡포를 막을 궁리를 하겠다고 기염이다. 우파 정권 부활을 위한 다리 놓기라나 뭐라나! 꼴통들이 모두 더럽게만 여겨진다. 신문에 떠들썩하게 나서는 사람들 쳐놓고 깨끗해 보이는 인물이 하나도 없다. 이 세상 돌아가는 꼬라지에 대해서, 내 속이 뒤틀리는 것은, 내가 내 삶 길 귀퉁이에 놓여 있기 때문인가? 나는 삶의 귀퉁이에 앉아 사람 한복판에 앉았다고 떠드는 사람들을 손 놓고 비웃고만 있기 때문일까? 그들 정치 깡패들의 모습이 묵묵히 겨울 김장거리로 자라고 있는 씩씩한 배추보다도 모두 못나 보인다.

시시한 것들에게 세상 말아먹는 일들을 내던져 놓은 주제에 무슨 심통이냐고들 뒷날 나를 비웃겠지? 많이들 비웃어보랄 밖에!

433

‘우리말로학문하기’에 대한 생각들1

— 옛 철학자들 말글 쓰기 꼴통 —

그 만일 조선 나라 철학자들 유학의 주자학 본받아

중국이 그렇게 힘겨운, 무섭고 거센 나라, 아니라,

배울만한 이론에다 학설, 철학 있구나! 눈 부릅떠,

사람은 리理와 기氣가 있어 세상과 만나 스스로 사람됨 만들게 된다고 에헴!

그렇게 엄청난 말글을 썼다고 하였으나

오늘 누구도 그걸 아는 이 없어?

철학은 그렇게 남모르는 거라고 말할 참이었다면

제 잘난 멋에 제자다 스승이다 떠벌여서 나는 싫다.

따짐과 펼침이 리와 기로 된다고 힘차게 적고는 에헴

사는 일이란 그, 이, 저, 그렇고, 저렇게 아아 그렇다

아비 어미 사랑과 자식 사랑, 부부 사랑, 벗 사랑

아는 이들 서로 자랑하라, 자랑하라!

나라님인지 지도자인지

하는 꼴통 잘 들여다보면서 고개 숙이거나 아우성치거나

마음에 중심도 잡고 그렇게 하다 보면

네 마음도 편하고 집안이 따뜻해지고 이웃이 평평해져

나라도 순하고 한세상 잘 굴러가게 된다고 중얼거렸다면

그것도 우리말 훈민정음으로 말씀들 적어 놓았다면
어떨까 아아 그 기막힌 기회들을 까먹고는 세계에 버금가는
세계, 그렇지 세계는 중국이지! 무섭지 그지? 중국은 세계여!
중국에 다음가는 선비다 뭐다, 학문이랍시고들 베끼고 또
베껴 큰 고민들 하지 않기로 작정한 우리 옛 철학자들
철학 말, 글 만들기 아예 뒷전으로 돌아선 웃어른들이여!
지금도 그 버릇을 남겨놓아 툭하면
서양의 철학자들 말 베껴다가 에헴! 어렵지? 어렵고 말고!
폼 잡는 꼴통 한번 보기도 민망하고 부끄러움만 목에 차
가득 차는 설움 〈우학모〉 모임에는 이런 울분으로 배가 아
프거나 목울대가 울근불근 하는 젊은이들 대신하여
나 이 청청한 대낮 한복판에 앉아 껄껄대며 웃고 또 웃는다.
웃음판 철학이 이 나라를 덮어, 덮어 너도 나도 서양 철학만
철학인 것으로 아는 외눈박이 지식인들 웃겨, 참으로 웃겨!
그래서 웃고 또 웃다가 배 터지면 어쩌나? 어째?

2007년 11월 5일 월요일, 서하리 안방.

어제 아내와 새람이가 하루 종일 꼼지락대면서 방을 바꾸어 놓았다. 이 방은 어둡지만 넓고 커서 내 사랑채 컴퓨터를 드디어 들여놓았다. 연세대 연구실에서 오래 썼던 컴퓨터인데 아직도 씽씽한 성능과 용량이라 아까워 여기다가 들여놓은 것이다.

내리닫이 다락에 안치해놓으니 감쪽같다. 겉으로는 보이지 않는 장소에 숨어 내 글쓰기만 돕는 이 기계 참 이쁘다. 아내가 이걸 도와 설치해놓고는 해해거리며 나갔다. 이젠 밖 거실을 정리하는 모양이지! 어제 밤새도록 끙끙대더니 일어나서 또 저렇게 바지런을 떤다! 귀여운 여인!

434

바람이 창틈을 핥고 들어와

땅과 물과 불, 바람이 우리 몸, 아니 몸 바깥 모두
우리 몸을 얽고 있다고 했다. 지수화풍地水火風.
굳, 뭉, 뜨, 움 모두 우리 몸을 이루는
성품이라고, 뜨거운 것은 바람,
찬 기운도 바람 몸에 있어 바늘구멍으로 황소기운 바람
여기 저기 들어와 편케 누운 사람 코
주둥이로 간질이며 막힌 방을 들락날락한다.
그들은 찬 혀로 싹싹 얼굴도 핥고 이 몸뚱이 올라타 때때로
위잉 소리로 귀도 간질이는 너 바람
가벼운 숨결, 달콤한 신음
바늘구멍 뚫고 들어온 폭풍 바람 기운에 고뿔은 자란다.

몸은 속 우물 뜨거운 불 지르느라 헐떡이고
찬 손으로 문지르는 불, 바람 찬
살은 젖어 뜨거운 열기로 에취! 뼈가 녹나 보다.
어젯밤 먹은 바람에 바람 손님 몸에 퍼져 빛 고운 형형색색
온 몸에 가득 걸판진 손님 대접 기다린다.

밤손님이 내 몸에 들었나 보다.

2007년 11월 6일 화요일, 저녁 안방.

앉은뱅이 방바닥에 앉아 컴퓨터 자판을 두드리며 어젯밤에 마신 밤공기를 생각한다. 내일은 김선득 교수가 만나잔다. 김화영 교수를 불러내어 쇠고기 안주로 술판을 벌이자고 한다. 오늘 강의는 꽤 신나는 일이었나 보다. 마음이 가볍다.

유재원 교수가 다다음 주에 하기로 한 특강을 다음 주 화요일에 하겠다고 전화하였다. 고마운 일이다. 김의규 선생으로부터도 전화를 받았다. 금요일 어떤 큰 행사에 같이 참여하잔다. 관수회 모임도 목요일인데 〈우학모〉 모임 때문에 못 가겠다고 하였더니 아직도 인기가 많은 모양이라고 임근배 사장 보고 싶다고 한다.

새람이가 좀 늦게 집에 왔다. 고뿔 손님이 오늘 밤에는 어떤 장난을 칠까? 조끼 두 벌을 사왔다. 5천원짜리 두 개! 안주머니 두 개씩 모두 달았다.

불교에서 사물읽기의 본을 지地, 수水, 화火, 풍風으로 잡고는 땅을 굳음堅固性, 물을 뭉침凝固性, 불을 뜨거움熱性, 바람을 움직임動性으로 풀이하여 놓았다. 뜻글자인 한자로 이렇게 지수화풍이라고 불러놓아 일단은 외우기가 쉽다. 그래서 나도 줄임말로 이렇게 적었다. 땅 물 불 바람, 굳뭉뜨움! 아주 좋다.

고뿔이 사람 잡는다고 아우성을 쳐놓고는 예방주사다 뭐다 하고 난리들이다. 예전에는 감기를 고뿔이라 불렀다. 그것은 온전히 몸과 사방 공기와의 불협화에서 온 몸의 변화라고 나는 본다.

435

시 제3호

시야 나와라
나와 춤추자
밤도 가고 낮이 와
너를 부른다, 시야!

너른 땅 위에 행여 너 있을 곳
시야 왜 없겠냐? 시야
나와라 오늘
네 모습 예쁜 꽃단장 한 시야
나와라 보자!

네 꽃 입술에 입 맞추며
입 잔 속에 맥주라도 쏟아주랴?

시야 나와라
나와 노래하자
낮은 곧 가고 밤이 또 오려니
너를 부른다, 시야!
오너라 보자!

2007년 11월 7일 수요일 오전 9시경, 서하리 글방.

아침에 일어나니 새람이가 오늘은 좀 늦게 간다고 늦잠을 즐기고 있다.

밥을 안치고 들어가 이기상 교수의 글을 읽었다. 삼신 할망에 대한 재미있는 글이다. 밥상에 셋이 앉았다. 바꾼 방이 어떠냐고 물으니 잠을 못 깨겠다고 한다. '그거 잘됐다! 푹 잔다는 뜻 아니냐? 그런데 나는 찬바람이 너무 들어와 고뿔에 걸렸다. 하지만 곧 이 방과의 전쟁에서 내가 이길 거니 걱정하지 말거라! 너만 좋으면 다다!'

아내는 법원에 갈 준비를 하는데 최완열 선생 도장 뚜껑이 잘 안 빠진다. 아니 아예 빠질 생각을 안 한다. 아침 내내 그걸 뺀답시고 땀을 뺐지만 못 빼고 말았다. 아내가 그렇게 깊이 닫아놓았단다. 심통 부릴까 하다가 참았다. 속으로 한 말들; '미련퉁이, 뭘 그렇게 꽉 닫아 놓았느냐?' '살짝 닫은 건데 그러네!' 손바닥이 얼얼하다.

436
가을 나비 유리창에 갇혀서

서하리,
한낮이 이울던 정류장 사방 유리창
해는 남서 중천에 떠 번쩍이는 손 빛살
활짝 펴 보인다.
나비 한 마리 뚜렷한 그림자 하나 거느리고
유리창 위로, 위로 퍼득이며 난다.
부딪는 유리가 아파 날개는 힘겹고
펄럭이는 해 오름 높아 높이 날수록
또 한 나비 아래 멀리 누워 펄럭인다.

저 나비
이미 장자도 보았고 소요유 즐긴 이들도
나비를 보았으나
내 오늘 본 나비는 내 그림자인가
나비 그림자 땅바닥에 뒹굴던 나비
하늘 높이 떠오르려 나르던 날개
펄럭이다 지친 나비인가?

서하리, 가을 한낮

쨍하고 해 오른 날
나비 한 마리
그림자 거느리고 할딱이며 누워있다.

2007년 11월 7일 수요일.

서하리 버스정류장에서 버스 기다리다가 본 풍경이다. 아내는 법원에 이미 갔고 나는 김화영, 김선득 교수 만나 한 방울 하려고 서울 가는 차를 기다린다. 버스가 오늘은 늦다. 번천 쪽 버스가 안 온다. 좋은 사람 만나러 가는 길은 늘 이렇게 오붓하고 호젓하다.

나비 한 마리가 정류소 유리창에 부딪히며 날다 지쳐 떨어졌다. 그림자와 나비가 몸이 하나로 되는 순간을 본다.

김화영 교수가 한 말 : 강박식품 1. 캐비어=산채로 알을 꺼내기 위해 골통을 망치로 내려쳐 기절시킨 다음 배를 갈라 알을 뽑는단다. 2. 거위 간=먹고 다른 기관으로 가는 통로를 모두 절단하고 간만 크게 길러 잡아먹는단다. 3. 송로버섯=돼지만 땅 속에 든 이 버섯을 찾을 수 있어서 돼지가 찾은 것을 빼앗아 먹는단다. 모두 최고 고급요리 재료지만 강박식품이라고.

이 이야기에다 요즘 직장 생활하는 젊은이들의 노예생활 이야기! 끔찍한 부림 속에 놓인 사람들 어쩌나!

437

개구리들의 합창

개구리들의 합창소리 귀가 시리다.
가갸거겨 나냐너녀 개골개골
골개골개 이미 다 끝난 일이다
묻노니 이런 부정과 저런 탐욕 가득 찬
개골개골 대권후보가 그렇게 많은 돈을 굴리면서
개골개골 열여섯 가지 불법 죄악을 저질렀는데 답하라,
답하라
개골개골 청개구리들도 모여앉아 수군수군 소리 질러
끝난 일 가지고 무슨 개골개골 딴청 목소리 높여
여름 모판 개구리들 노래판에 모인 개, 개 짓듯이
이편 네 편 시끌시끌 여의도 국회의사당 안이 온통
개와 개구리 합창단 연습장 같구나.

아암 물 좋고 여름 한 때 시끌시끌 먹을 것
잔뜩 쟁여 가갸거겨 나냐너녀 하햐허혀
뭐 하는 짐승들인지 그곳 구석을 열면
시끄럽고 더러워 고개 절로절로 홰홰
꼭 개구리들 모판 그들먹한 소리들로 가득 채워
천격들이 더럭더럭 솟아오르는구나!

2007년 11월 9일 금요일, 서하리 글방.

유재원 박사, 정수일 교수와의 대담장에도 못가고 강창민 시집 출간기념장에도 못가고 집에 쳐박혀 곯은 몸을 추스르고 있다.

별안간 김명숙 경위 전화가 와서 한바탕 놀란다. 감사 서류를 들고 밖에 나가 어느 음식점에서 일하다가 어떤 밉상에게 보였단다. 신문기자라고 을러대면서 경찰이 비밀문건을 밖에 갖고 나와 하는 것은 잘못이니 신문에 기사를 써서 폭로하겠다고 했단다. 기죽은 한숨 목소리! 매일경제신문이라고 했다.

나도 마음이 떨려 생각하다가 대한경제신문 문화부 차장 고두현 시인이 생각났다. 중앙일보 신춘문예에 당선된 시인으로 그때 나도 뽑는 자리에 있었던 인연! 도대체 그게 무슨 범법행위인지 웃으며 그 기자가 누구냐고 묻는다.

나도 정신을 수습한 다음 김명숙 씨에게 전화하여 기자 이름이 뭐냐고 물으니, 가로되; '그게 아니고 전직 경찰관인데 경각심을 주기 위해 상관 경찰서장에게 전화하여 혼이 좀 났어요' 또라이라나 뭐라나! 기자는 아니라고 한다. 허허 웃고 말아야지!

고두현 기자에게는 다시 전화하여 '우리말로학문하기' 좀 도와 달라고 부탁을 하였다. 조만간 만나 술 한 잔 사기로 하였다. 티브이 무심히 틀다가 국회의원들의 질문답변 내용을 들으니 이명박 대권후보의 비리 의혹을 조목조목 따져 묻는데, 한나라당 의원들 발언이 안 들리도록 마구 떠든다. 가슴이 콱 막혀 온다. 뭐하는 짐승들이 그 자리에 앉아들 있는지 너무 추해 보여 티브이를 끈다. 나라꼴이 어디로 가는지! 수구 극 보수 반동패들의 더러운 입질들이 싫다.

프랑스 문학자 이재희 박사로부터 죠르즈 상드의 책『마의 늪』을 다시 받았다. 자기도 가지고 있질 않아서 친척 것을 돌려받아 보냈단다. 미안코 고맙다고 통화하고 조만간 만나기로 약속하다.

438

귀뚜라미 한 마리, 노래 멈추다

봄여름 마당가 으아리 꽃, 줄 타는 잎에 앉아
쩌렁대는 노래로 온 집안사람 놀래키던 너
손톱만한 청개구리, 그 작은 몸통과 소리
산까지 쩌렁쩌렁 울리는 그 소리
사람마다 갸웃대는 고개, 신비하여라!
고 작은 몸 어디서 큰 소리 날까?

어제는 목욕탕 사방을 쩌렁대며 내는 소리
아하 저놈은 가을 알림 소리꾼 아닌가?
새끼손톱만도 못한 작은 몸피
어찌 저런 찌리릭 소리로 방안을 그들먹 채우나!
어젯밤 막내둥이까지 나서
저 놈 어떻게 좀 해보라고 중얼대었다는 아내 귀띔

무심한 발걸음에 화장실 담벼락에 붙어 있는 너
귀뚜라미 너무 작고 약해 살짝 주먹 움켜쥠 속에 가두어
행여 다리라도 다칠라, 아내 찾아 두리번대다
바깥마당 풀밭에 내려놓았다.

밤 귀뚜리 소리 잠잠, 잠결에도 가뭇없어
가을이 달아났는가?
너무 조용하다.

늦은 잠 설치며 둥싯대다가
아아 내 이 무슨 일 잘못 저질렀는지
가슴 속 소용돌이치는 저울질
밤잠 조금 덜어 그 잘못됨을 남긴다.

2007년 11월 10일 토요일 새벽 다섯 시.

서하리 글방에 앉아 곰곰이 오늘을 살핀다. 한별이가 오늘 일찍 온다고 하였다. 중국 방황으로 이룬 10년 공부를 접고 이제 앞으로 어떻게 살아갈까를 궁리하겠지, 오죽할까 그 마음!

어제 저녁 참에 화장실 귀뚜라미를 움켜잡아 마당 풀밭에 내다 놓았더니 우렁찬 소리가 멈췄다. 다시 들어오겠지 하는 기대는 하지만 내가 너무 가볍게 딸애 말을 들었나 보다. 그저 막내딸이라면 꼼짝도 못하는 아비! 좀 그렇다. 미안해서 그렇겠지! 이 쓸쓸한 세상에 걔들을 낳아놓고는 뭔가 속 시원한 앞길도 열어주지 못한 아비이니 더욱 마음이 그렇게 졸아든다. 자식 넷을 낳았으니 그만큼 지구에게 큰 죄를 저지른 거라!

기쁘게 큰 아들 한별이를 맞아야지! 닭이라도 한 마리 사 먹이자 하니, 아내 가로되 이미 낙지를 좀 사다놓았으니 걱정일랑 마시라고! 걔는 고기를 싫어하지 않느냐는 거라!

그저께 외우 김화영 교수가 한 말이 머리를 친다. 강박식품 이야기에 곁들인 요즘 젊은이들의 직장생활에 관한 처참한 기계부속품 되는 이야기! 빠떼리에 서서 온종일 인공사료를 쪼아 먹다가 순식간에 튀김 통닭으로 변하는 병아리 삶 꼴이 겹친 이야기다!

439

산삼 캐는 이웃 농부와의 산삼 이야기

산삼은 몸에 좋은 것, 산속을 헤매며 찾는 산삼
하고 또 하고 하고 또 하고 산삼이 몸에 좋다는 그 이야기
내가 지닌 산삼이 수십 뿌리에서 왔다 갔다
이야기는 점점 이어지는 그 이야기 삶은 그렇게
산삼 캐는 이야기로 이어지고 너는 그 이야기 듣는데 지쳐
산산 캐러 다닌다는 이웃사람 이야기에 취해
마신 맥주 기운은 간데없고 그 이야기로 먹은 산삼
기운으로 너는 지금 산삼에 취한 것이냐
술에 취한 것이냐 밤은 깊어만 가는데
오늘 먹은 산삼으로 백년은 거뜬하게 살겠구나!

아 산삼 그 식물도 이들 산삼 캐는 사람들 입 초사에
잠을 못 이루겠구나!

2007년 11월 10일 토요일 저녁, 서하리 글방.

10년 만에 큰 아들 한별이가 집에 왔다.

마침 담배를 사러 가게에 나갔다가 동네 분들을 만나 술을 마셨다. 이웃 농부 김 씨를 만나 산삼 캐는 이야기를 계속 들었다. 돈도 좀 잃은 것 같다. 1만 3천 원 정도를 흘렸나 보다. 큰 아들이 와서 흘렸나? 마음이 혼미해진다.

한별이 친구 영철 군이 바깥 사랑채에 있는데 곧 집에 가야 하는 모양이다. 밤은 좀 더 깊어지겠구나!

440

이규보를 생각함

1168년 황려에서 태어난 이규보 백운거사
삼혹호三酷好선생, 악기와 술, 시를 너무 좋아한 사람
그래도 곱게 벼슬하다 일흔네 살까지 살다 죽었구나!

839년 전 고려 때 사람 지금도 만나보면
가슴에 남은 상처 자국 있을까?
술 잘 마신 날 밤이 지나 마음에 들어온 상처
남에게 실수한 제 모습 부끄러워, 그는 어쨌을까
남을 넘보고 넘보는 실수 마음에 깊은 상처입고
그래서 다음 날 또 마시고 또 마셔 잊으려 자꾸 마셨었나?
생각하고 생각해도 나는 그저 자꾸 부끄럽지!

아아 술은 그만 마셔도 될 만큼 많이도 마셨을 터
그런데 그는 마시고 또 마시고
시도 그렇게 쓰다가 죽었다네!

2007년 11월 12일 월요일, 서하리 글방에서 정오를 넘기다.

어제는 막 버스를 놓쳤다. 백규서 사장과 둔촌동 시장에서 알배기 도루묵 구이와 가리비 구이, 생 대구탕, 해삼, 미역국 등을 놓고 막걸리를 많이 마셨다. 시간 조절을 못해 그만 버스를 놓치는 바람에 3만 5천원 주고 택시를 탔다. 밤은 좀 깊어 있었다.

아침에 일어나 이규보의 글을 읽다가 술 마신 다음날의 우울한 마음을 생각하였다. 술은 이제 그렇게 많이 마실 일이 아니다. 아침에는 민주화관련자명예회복및보상심의위원회로부터 「민주화운동관련자증서」를 받았다. 생활비 지원신청서도 들어있었는데 자세히 보니 우리 세 교수는 해당이 안 된다. 2006년도 연봉 4천만원 이상을 받은 사람은 제외 대상자들이다. 좋았다가 말았지만 그래도 기분은 나쁘지 않다.

441

빛과 어둠 사이

빛이 있으라 하니 해가 떠
빛아 물러가라 하니 어둠이라!
이 신화가 내 앞에 강물로 깔려
많은 이야기 말 멍석으로 펼치고

눈 떠 무엇이 보이면
빛은 내 옆에 앉아 있어
아하 너로구나 살았다!

눈 떠도 어둠은 자주 내 앞을 가로막아
빛 그리는 마음으로 출렁이는데
이쪽은 빛이요 저쪽은 어둠, 저어기 저 어둠
이쪽 강둑과 저쪽 강둑 사이 흐르는
강물과 속삭이는 소리로 귀가 간질간질
누가 있어 저리 다정하게 속살속살
강물 흐르는 빛 위에 떠오를까?

사는 것과 죽는 것 사이에 강물이 흐른다고
그래서 저 강을 건너려는 이들 하나둘씩

줄지어 서서 이쪽저쪽 두리번거리는 눈빛
불안에 떠는 망울들로 서 있구나!

2007년 11월 15일 목요일 아침, 서하리 글방에 앉았다.

어제 하루는 완전히 공친 날이다. 그저께 유재원, 주채혁 교수와 마신 생맥주 탓이다. 처음에는 유재원 교수, 터키 유학생 남자 무라트 센트커 군, 김정하, 김남주, 청강생인 공과대 김신겸이 마셨는데 유재원, 외국인 학생들이 가고 나서 주채혁 교수가 늦게 왔다. 거기 맞추느라 더 마셨는데 호프집에서 9만 원 돈이 나왔으니 어지간히 마신 모양이었다.

2차를 생떼 쓰듯 해서 마셨나본데 감감 생각이 잘 안 났다. 곰곰 생각하니 그 근처 2층집 어딘가이다. 아침에 학교에 와서 주채혁 교수 전화를 받았다. 통화 김에 그제 일을 물으니 중국집에 가서 45도짜리 과하주 하나를 내가 다 마셨다누만!

강의 준비를 하느라 읽은 책들과 학생들 리포트로 읽은 김원일 『푸른 혼』 문학사론들이 마음을 아침부터 찌른다. 오늘 강의 때 참고하려고 이 글을 썼다.

442

가을비 부르는 집들이

젊은이들 가득 찬 날 밤 서하리 집
하늘의 별들아 너희를 보려고 들이댄
마당 한복판의 천체 망원경조차
스물 두어 사람 늘어선 눈들로 집이 기득 찼구나.

이들이 집안 가득 채운 복, 떠들썩한 마음
떠나간 자리 반짝이더니
지금은 남겨진 복 향기로운 냄새로
오랜만에 가을비 뿌려 땅 위에 뒹구는 낙엽조차
가만한 소리로 속살거리는구나!

가을비 내리며 밤은 조용하게 내려앉았구만!

2007년 11월 17일 토요일, 서하리 글방.

어제는 정말 벅찬 하루였다. 이상빈 박사가 주최한 월드 뮤직 필름 페스티벌 행사에 가서 임해리, 김명숙, 김미영 씨들과 소주로 취한 채 집에 오니 새람이 땅고탱고를 아르헨티나 식으로 그렇게 부른단다. 춤 클럽 친구들이 집안에 가득 차게 와 있다. 모두 스물 두 사람, 남녀 모두 듬직하고 씩씩한 모습들이 보기 좋다.

한별이는 땀을 흘려가며 불판에 불 피워 고기와 부침들을 구워 맛있게 먹도록 한다. 저절로 흐뭇한 마음이 차오른다. 나도 맥주를 좀 마시곤 곯아 떨어져 잠을 잤다.

늦은 아침결에 이들이 모여앉아 집 밭에서 뽑아 끓여놓은 아욱국으로 해장 밥을 먹는 모습 또한 좋아 보였다. 모두 아름다운 젊은이들이었다. 집에 그들이 가득 채워 두고 간 복이 마음에 차오른다. 눈 오는 겨울에 와서 막걸리를 마시면 좋겠다고 모두들 감동을 먹었다고 한다. 고맙고 고마울 뿐이다. 한 수학 선생은 아주 무거운 망원경을 마당에 설치해 놓고 별을 본 모양이다.

어제 약간 구름이 끼었었더니 드디어 오늘 밤 가을비를 뿌린다. 낮에는 아내와 함께 밭에 나가 무를 모두 뽑아다 갈무리를 한 뒤이지만 배추가 얼까봐 아내는 밤인데 안달이다. 영하로 내려간다는 기상예보 때문이다. 김장이나 끝나야 아내의 촛자 농사꾼 안달이 끝날까?

443
초겨울 볕 지는 해는 등을 때리고

지는 해는 등을 때리고
밖은 찬바람 쌩하고 귀를 때린다.

찬바람 뚫고 창문으로 들어온 해
너 지는 해, 나는 하염없이 빛에 취해
보고 또 보며 물끄러미 네 속에 든 생각
내 등에 남은 해와 바람기
얼마나 내 시름 가꾸려는지 보고 또 본다.

지는 해는 따갑게 등을 때리는데
언제 내 마음에 묻은 때들 바람에 날려
먼지로 된 내 몸 풍선되어 훨훨 날까
묻고 묻다가 지는 해 등에 와 꽂힌
밝기로 눈을 적신다.

2007년 11월 18일 일요일 오후, 서하리 안방.

늦게 일어나 한별이와 새람이, 영철 군이 모여 아침을 먹었다. 나는 배추 잎 사이에 떨어져 박힌 목련나무 잎들을 뽑아내 던지고 아내는 여름 내내 쌓였던 뒤꼍 쓰레기들을 잔뜩 모아 놓고 아이들과 함께 내다 처리한 모양이다.

어느덧 해는 뉘엿뉘엿 저녁나절인데 안방 창 안으로 해가 요란하게 등을 때린다. 눈을 찔렀다고도 말할 수가 있다. 내 인생의 저녁나절이 이렇게 쏟아지는 저녁햇살로 풍요로울 수 있을까? 97호, 「녹색평론」에서 김종철의 머리말 「공생공락의 가난을 위하여」는 동감하며 잘 읽었는데, 김우창의 글 「인간적 사회를 위하여–산업화와 민주화의 반세기를 돌아보며」는 미국에서 박사학위 하여 온 바이러스 숙주답게, 여전히 마르크스 데리다 어쩌구 너무 질척거리며 끈적대는 말글이어서 읽다가 덮었다.

눈을 뜨니 해가 눈을 찌른다. 새람이의 조개 먹고 싶다는 말 때문에 오늘 오후는 좀 망치고 있다. 밖에 나가서 사 먹자는 걔와 사다가 구워먹자는 나의 의견 대립, 드디어 불꽃처럼 튀어 나도 삐치고 말았다. 음식점에 가서 사 먹는 게 싫다는 나와 그래도, 그래도 뾰로통한 한 걔의 대립각! 광주 장날이어서 가서 사오겠다고 벼르다가 내가 홱 돌아섬!

444

방 한 칸에 우주 가득 들어차고

우주, 방 한 칸에 들어온 우주, 집 한 채
집우, 집주, 우주는 해 뜨고 지는 집 한 채
날 저물면 어둠이 방 한 칸에 가득 차고
그 어둠 걷히면 다시 활짝 피어나는 빛
겨울걷이 끝낸 아내 목소리도 맑은 바람
어둠을 걷는다.

방 한 칸에는 밤도 들고 낮도 들어
우두커니 낮과 밤을 맞는 네 느낌 통
어느 먼 곳 하늘 끝 티끌처럼
날아다니던 먼지 같은 네 몸 내 마음
안고 오늘 한나절을 뒹굴고 있었구나,
텅 빈 집 한 채 방 한 칸에 앉아
마음에는 그래도 어둠 몰아낼 불 밝히면서!

2007년 11월 18일 일요일 저녁 답, 서하리 안방.

고뿔손님이 내 몸에 찾아든 느낌이 든다. 아까 참에 새람이와 겪은 마음 부딪치던 일은 일단 있는 재료로 만든 저녁참을 먹고 나서 대강 정리하기로 한다. 새람이는 여전히 저녁을 적게 먹었고 한별이가 영철 군과 맛있게 먹으면서 웃음을 만들어 내었다.

다시 책 읽기로 들어간다. 유재원의 『영화로 읽는 신화 이야기』와 조흥윤의 『문화론』 그리고 「녹색평론」, 또 머리맡에 잔뜩 가져다 놓은 책들을 뒤적일 판이다. 조르주 상드의 『마의 늪』도 다시 읽을 생각이다. 전등 밑에 앉아 밝힌 불을 따라 이 기계를 놀린다. 신비!

445
만들어진 별자리 창틀

네겐 가슴 한복판에 만들어진 창틀 있어,
누가 만든 것인지
빛 크기나 바람 너비,
네 몸으로 나르려는 마음 깊이까지
지어진 만큼 틀 너머까지
너는 차마 넘어서지 못한다.

마음의 크기 모두가 다 헛것,
허공이라고도 하지.

창은 눈으로 귀로 통할 구멍
하늘 들고 바람 나며
바늘구멍처럼 작고도 작은 네 창틀
온갖 먼지들 풀풀 날아 팔랑이는 나비처럼
별표 자리 몇 개쯤 찍어놓고는
아득한 저 곳, 모두 버려야 할
먼 여행길 막막하여라!

2007년 11월 19일 월요일 아침, 서하리 글방.

어제는 늦게 잠들었다. 무서리가 내리고 배추는 꽁꽁 언 채로 잎들이 굳어 있다. 아침에 나가 이들과 인사하면서 찾아드는 추위를 막지 못해 준 미안함을 마음속에 안고 밝은 해를 맞는다.

아내는 박경혜 선생에게 전화로 김장할 날을 정해 일러준다. 한별이가 서울 갔다가 오는 길 찾기를 무척 힘들어 한다. 버스 노선을 익히려면 많은 시간이 필요하니까! 우리 부부도 거의 1년을 익혔으니까! 그래서들 자동차는 팔려나가고 누구나 사서 타야 하는 것으로 생각들을 하지!

마침 아내가 반가운 전화를 받는다. 김인희, 이 집 주인 연봉월과 단짝 친구로 내가 이 집에 정착하는데 큰 힘을 보태준 제자! 최정한, 최정혜, 그리고 고 3짜리 아들, 세 남매를 키우면서도 주위 모든 사람들에게 애정과 관심을 주는 아름다운 김인희가 이제는 힘이 달려 나이 들었음을 알겠다고 한다. 호박고구마를 직접 가져다 드려야 하는데 할 수 없어 택배로 부쳤다고 한다. 아무 것도 주지 못한 사람, 힘들여 지은 농사 물품을 받는 사람의 고약한 심사를 나는 지녔다.

446
한날 무서리 추위에 얼음 박힌 무를 탄식한다

어느 날이었나 9월 초순
깨알보다 더 작은 네 씨앗들 공들여 심어놓고
새끼손가락만 해지고 다시 아이 팔뚝만 해지고
어느덧 11월 막바지 어른 다리통만 한 굵기로 자라던 너
온다는 강추위를 피해 뽑아 들여 갈무리한답시고 한 무 너
한날 바깥 날씨 강추위로 바람깨나 불더니
네 몸뚱이 모두 얼어 얼음이 박혔구나!

얼음 박힌 무
녹으면 스스로 허물어질 네 몸
온 여름 내내 너를 지켜보던 우리, 내 아내
얼음 박힌 네 몸 보며 한숨이 저절로 나온다.

뜨겁던 햇살도 견디고 드센 비바람도 견디더니
너는 추위는 못 견디고 그렇게 몸채
얼게 내던졌더구나, 아아
내 고약한 게으름이 온 여름을 다 집어삼켜
너를 못 견딜 추위 속에 던져버렸구나 미안하여라!

넌들 우리 애타는 속마음 알아 얼마나 얼기 싫었을지
그걸 생각할수록 마음만 수수롭고 애타
추운 날 밤 너를 자꾸 생각한다,
긴 날 함께 보낸 지난날들 되짚어
애타하던 날들 정성도 날씨 걱정도 오히려 미안하고 부끄러워 아아 허망하여라!

2007년 11월 19일 월요일 밤, 서하리 글방.

하버드 대학에서 박사학위를 하고 돌아온 이숙 박사가 전화를 하였다. 성신여자대학교에 교수 초빙 공고가 나서 지원하였단다. 국민대학교에 정식 교수로 간 줄 알았는데 비정년 교수직이었단다. 한영옥 교수에게 전화하여 지세한 내용을 물었다. 이숙 박사는 나이가 문제일 것 같다. 48세!

그저께 갈무리 한답시고 뽑아다 몸들을 덮어 놓았던 무가 모두 얼었다. 두 개를 깎아 보니 몸 전체가 얼어 맛을 잃었다. 찬 무를 보니 지난여름 내내 이 무밭을 어정거리며 정성을 쏟던 일들이 모두 허사가 되어 마음이 허전하다. 농사란 이렇게 마음 씀의 치열한 정성이 필요함을 알겠다. 아내는 시무룩해져서 배추조차 뽑아놓을 걸 그랬나 하고 한숨이다. 하지만 뽑아놓으면 무얼 하나? 뽑아다가 얼려 놓았는 걸!

서울에 간 한별이가 밤중에 광주 오는 길이 서툴러 자꾸 전화한다. 얼마나 살아야 그걸 쉽게 익힐 것인지? 서울 쪽엔 눈이 많이 내린다고 한별이가 전한다. 여기는 아직 눈발이 없다!

5부

시 번호 매기기

447
쾌락의 속도

어제 눈길 시골 버스를 놓치다. 뒤엉킨 시골길 차들은 꼬리에 꼬리 다닥다닥 붙어 너도 나도 갈길 시간 재는 모양 우습고, 자동차로 나는 학교 간다. 여름 자동차, 시원한 바람 넣고, 겨울이라 훈풍에 돛단 자동차 나른한 몸들. 나는 기차나 전철을 즐긴다. 1970년대 초 군사정부 한 총리 한 말 지금도 귀에 쟁쟁한데, 자가용 타고 애인과 고속도로 달리는 씽씽 꿈들 곧 실현되리라, 실현되었다! 자동차보다 아직은 땅이 더 넓어 보인다고 어느 자동차 회사 회장인가 뭔가가 했다고 고개 절래절래 흔들며 기업의 왕이라 칭송 자자하더니 죽데, 그도! 쾌락이 우글우글! 시골길은 온통 자동차 달리는 길로만 나 있어 사람은 자동차에 묻힌 그냥 부품 꼴, 나는 그 때나 이때나 자동차를 탄다. 걷기도 한다. 두 발이 있어서! 쾌락이야 속도 따라 늘어난다고들 지껄이지만, 나는 지금도 그게 무슨 말인지 아직 모름, 천치인가 보다! 나는 내 자동차 없는 시대 골동품 부품 몸통? 히히, 몇이 좀 웃지만, 천한 희극!

아아 언제 삐걱거리는 이 가슴은 멈추려는지!
속도는 경쟁이고 돈이라고들 너도 그도 그들도
입만 열면 중얼중얼 비 맞은 중 염불하듯

세상은 미쳤다.
거기 나도 점점 미쳐
빙글빙글 돌아가는 우주
속이고 속이며 삿대질하는 정치판 위
사공들까지, 아아 어지럽다.

쾌락은 속도와 별 관계가 없다.
꽁지에 불붙은 짐승들이 저렇지 싶기도 하고
달리고, 달리고 왜 달리는지, 저들은 안다고?
쾌락에 속도가 필요하다고 믿는 이 판 저 판에
유재원 식 말씀으로 좀비들만 우글거리고!

눈 온 시골 마당가 하얀 빛만
내 눈 시리게 찔러들고
사는 쾌락은 속도와 관계없이
초겨울 눈 덮고도 뻗쳐있는 배추 포기마다
시름만 짙게 묻혀
한 시절, 내 들끓는 속사정도 속절없이 가고만 있다.
떠내려간다, 간다!

2007년 11월 21일 수요일.

정오를 보면서 글방에 앉아 있다. 조광호 신부가 오늘 하는 도예전에 가기가 퍽 난처하다. 눈이 너무 덮여서 길들이 미끄러운데다 차들도 굼벵이 발걸음이다. 이럴 때는 차라리 축하 인사나 마치고 방에 가만히 앉아 있는 게 상책이다.

인사치레를 마치고 나자 자동차 문제가 머리를 친다. 화석연료가 바닥이 나면 어쩌느냐고들 과학자들이나 환경학자들, 인문학자들은 걱정이 태산인데 빵빵 뻥뻥 자동차 경적소리만 요란하게 온 들판 산야를 뒤덮는다.

어제는 아내 친구들 네 명이 와서 하루 종일 마늘 일곱 접을 다 까놓았다. 다정한 사람들! 아내 친구 방의진 씨가 배추 걱정으로 전화를 하였다. '김장 공동으로 담그기' 친구 가운데 한 분이다.

그런데 오늘 아침에는 아내가 떡 방앗간에 시켜놓고 간 시루떡이 와서 받아 놓았다. 집 고사떡인 모양이다. 집 고사를 지내는 날이란다. 고마운 여인! 광주에 나갔다.

둘째 아들 한결이는 형이 필요하다고 자동차를 몰고 집에 온다고 한다. 마당에는 눈이 잔뜩 덮여 있다. 눈부시다. 눈도 세게 빛을 되쏜!

448
대낮에 배추 두 통 따 안고

배추야, 배추야 푸른 배추야
추위로 언 몸 그 위에 다시 눈 수북이 얹고도 배추야
너는 여전히 빛나는 햇살로 몸 요기 좀 하더니
싱싱한 몸매 자랑하며 누운 겨울 해 서늘한 바람 즐기는구나!

네 몸 두 통을 따 안고 실하게 나는 냄새 풋풋
몸 두른 저 싱싱함
푸른 살갗 보듬으며
네가 저 빛나는 우주로 살아
눈 빛 빛내는 생명임을 알겠다.

너는 내 몸에 들어와 내 몸을 집주인 삼아
네가 벌일 우주 저 푸른 하늘
싱싱한 한 살이 내 서툰
하루 깊은 입맞춤으로 떨쳐 일어서겠구나!
배추야!

2007년 11월 25일 일요일 정오 쯤, 서하리 안방.

그저께 큰 딸 부부가 왔고 어제는 사위 친구 태근 군이 왔다. 가람이 부부 혼인식 때 사회를 본 친구. 연세대 원주 캠퍼스 출신!

어제는 우리 집 가족이 다 모인 날이다. 가람, 한별, 한결, 새람이까지 모두 모여 경래, 태근이 들을 옆에 앉히고 파전과 녹두전, 돼지고기를 불판에 구워 즐겁게들 먹고 마시고 하였다. 밤이 늦어지자 좀 추워져 방에 들어온 아이들은 밤늦게까지 무슨 게임들을 하며 깔깔대었다. 집이 온통 사람들 온기로 가득 찼다.

고뿔 손님이 든 아내가 기침을 좀 한다. 아침에 밭에 나가니 배추들이 옹송거리며 그래도 씩씩하게들 솟아 있다. 기상들이 씩씩하다. 두 통을 뽑아다가 절여 놓았다. 겉절이 김치를 좀 즐길 생각이다.

내일은 박기동 선생 집으로 초청받았다. 백규서 사장과 일찌감치 다녀와야 할 판이다. 그러려면 오늘 강의 준비를 다 마쳐야 한다. 어제는 학생들 리포트를 읽다가 김원일 생각이 나서 오랜만에 통화하였다. 얼마 전에 쓰러졌다고 했다. 마음 아림! 그도 참 큰 작가인데!

그의 2005년도 작품집 『푸른 혼』을 가지고 리포트를 쓰게 하였다. 현대문학사 강의, 국문학과 강의다! 지금 학생들은 아주 모르는 30년 전 추악한 역사 이야기인데 읽고는 놀랐다고들 썼다.

늦잠 잔 아이들이 일어나는 모양이다. 정오 12시가 다 됐다. 젊은 애들인데다 일요일이다!

449

빈 밭의 바람소리

떠들썩하던 부인들 소리
두 날 집 안팎 가득 채우더니
배추 밭은 텅 빈 채 내 마음도 비워 놓는다.

한 해 겨울 혀와 코 간지럽힐 김장독
사는 향기로 가득 채울 날들로 남아
드디어 너는 네 할 일 다 하고 묵묵
명상에 잠겨 바람 소리에 귀 기울이고
다음 해 봄날 날아들 씨앗 숨소리
따뜻한 입김으로 추위 버티며
빛나던 생명의 합창소리, 분주한 두더지, 너울대던 나비
꼼지락대던 벌레들조차 아련한 눈빛으로
기다리는구나!

이제 남은 것은 고요함
숱한 이야기로 익어갈
지껄이던 말들이 여기저기서
제대로들 익어가겠구나!

2007년 12월 3일 월요일.

정오를 넘기며 서하리 글방에 앉았다. 지난 수요일부터 우리 집은 김장 공장으로 바뀌어 11명의 아내 친구들이 하루를 지새우면서 떠들썩하였다. 생각나는 이름들이 많지만 남의 부인 이름들을 여기 옮기는 것은 좀 실례 같아 줄이기로 한다. 뭐랄까? 사람들이 모여 거의 450포기 배추로 김장을 담갔으니, 이런 식으로 겨울 먹을거리를 마련한다는 것은 아마도 좀체 요즘 세상에 드문 일일 터! 마음을 나누어 정성을 들이고 지난 석 달 동안 우리 부부가 가꾼 배추와 무로 정결한 겨울 반찬을 하였으니 아내가 퍽 대견해한다.

김장을 끝낸 아내의 모습이 그 다음날은 피곤하였을 터인데도 마치 30여 년 전 덩치 큰 아들을 낳았을 때 모습과 닮아 보였다. 얼굴이 불콰하고 힘든 일을 마치고 편안한 자랑스러움이 얼굴에 가득 차 보여 아름다웠다.

오늘은 서울여대 총동문회 모임이라고 나갔다. 지난 금요일에는 이상섭 교수님으로부터 전화를 받았고 당신이 쓰신 『윤동주 자세히 읽기』라는 좋은 책을 받았다. 지금 읽고 있는 중이다.

나는 이제 이번 주로 종강이다. 다음 주부터 기말시험 날짜가 잡혀 있으니 벌써 한 학기가 훌쩍 가버린 꼴이다. 수요일에는 연세대학교 신촌 교육대학원 특강으로 윤동주 이야기를 좀 하라고 해서 간다. 원고는 이미 보내 놓았다. 좀 쉬는 판이다.

450

문 밖 시간에 갇힌 조바심

문 안에 둬야 할 것들이 있다.
칫솔 하나, 나무젓가락 한 짝, 그리고
아프리카 요하네스버그 산 머그 잔 하나
두 손에 이 물건들을 들고 너는 문 밖에 갇혔구나!

손에는 마땅히 들려 있어야 할 물건들도 있다.
강의 교재, 돌려줄 학생들 노트, 어젯밤 정말, 열심히
정리하여 들려주겠다고 써놓은 노트 하나
안경, 그리고 편하게 학생 앞에 설 옷차림 살피는 여유
그것이 문 안에 갇힌 채 너는 밖에서 서성대며 조바심치고
열쇠는 문 안에 또한 갇혀 너의 애타는 조바심
따라 기다리는 조바심으로 덜덜 떨고 있구나!

여분으로 있을 만한 열쇠들을 찾아 때는 12시
강의는 12시부터, 학생들은 기다리다 하품도 하고
책상 위에 이마를 누여도 보고
분명 교실은 문이 열려 학생들 모두 기다려도 너는
두 손에 들고 있는 것들과 마땅히 들어야 할 것들,
이 처연한 뒤섞임으로 시간의 이쪽 저쪽에 갇힌 채

무거운 시간의 강물 속절없이 흘려보내는구나!

너는 갈 데 없이 시간 감옥에 갇힌 채
하루 휘황한 대낮 막막한 거리를 서성대는
한 마리 낙타였구나!
쓸모없는 조바심으로 서성대는 낙타!

2007년 12월 4일 수요일 새벽 2시 7분.

서하리 안방. 잠을 청하는데 어제 학교에서 벌인 일 하나 때문에 잠이 오지를 않는다. 내일 연세대 특강 시간에 이 이야기를 시작으로 하려고 하니 잠이 다 달아난다.

어제 연구실에서 급히 점심을 때우고 났는데 동료 교수 도우슨 박사가 들어온다. 인사를 마치고 칫솔질을 하려고 나왔다가 연구실엘 가니 문이 닫혔다. 도오슨 교수가 닫고 나간 것이다. 내 열쇠는 코트 속에 들어 있고 열쇠는 총무처에도 조교실에도 아무데도 없다. 그러다가 도오슨 교수를 밑층에서 만났는데 그 열쇠가 옆방 조교실에 있다고 가르쳐준다. 웃기는 인간!

점심시간이라 모두 다 밖에 나가 그 옆방을 나도 열어보았으나 거기도 닫혔다. 무정한 미국인 식으로 그렇게 말하고는 휭 하니 가 버렸다. 꼼짝없이 나는 문 밖에서 내 갇힌 시간과 맞닥뜨린 꼴이다. 이 처연한 사건이 잠결에 떠오르자 잠이 다 달아난다.

내일 특강에서 할 내용을 구상하다가 잠 달아나는 속력이 더욱 뚜렷해졌다. 신진 철학자 구연상 박사가 쓴 글 「권태는 기분이다」 「문학나무」 2007년 겨울호에서 밝힌 하이데거의 권태이론과 이상의 권태이론 이야기를 가지고 내일 윤동주 문학을 이야기하려다 보니 이렇게 되었다. 이상과 윤동주, 김소월은 모두 20대 후반에 죽은 1930년대 40년대의 위대한 시인들이었다. 시간의 감옥이라는 말이 내일 윤동주 이야기를 끌고 갈 선봉어이다.

이제 좀 자둬야겠다. 처제가 어제 와서 자고 내일 일본으로 간다. 일찍 일어나 학교 갈 준비하기에 피곤할 것은 불을 보듯 빤한 일! 그래도 적어둬야 할 것 같은 이 느낌!

451
가장 듣기 싫은 소리 둘

빚쟁이 빚 독촉 소리, 아아 참 견디기 힘든 저 독촉
도스토예프스키 빚 갚느라 뽕빠지게 소설 쓰는데 진깨나 빼었노라.
발자크 또한 집 얻으면 언제나 뒷문 살펴 빚쟁이 잔소리 피하려고 평생 뭐랬더라
하루 17여 시간씩 수십 년 몸 혹사하였노라,
그런 글 아무리 읽어봐도
내게 직접 다가오는 빚 독촉 소리 견디기는 여전히 등에 땀난다.

못난 정치가들 뻔뻔스럽게 툭하면 던지는 말씀
국민들의 행복을 돌려주겠다는 둥 어쩌고, 저쩌구
국민 이름에 붙어 사는 정치패들 국민 소리
그만큼 듣기 힘든 말도 없지. 아아 저 뻔뻔스럽고
무식한 정치패들 '국민'이여! 소리, 기생충이 따로 없다.
저절로 낯 찡그려지는, 주는 것 없이 미운 허풍소리.

하고많은 소리들 가운데 어째 저 소리는 그리 듣기 싫고
민망한지 아는 이는 잘 알겠지,

나는 그걸 너무 잘 알아 가난한가?
나의 손가락은 가난이 너무 깊어
마음조차 오그라들곤 하는 소리들이 자주
내 몸에 따라붙는다. 아아 언제
이 소리들이 내 몸을 떠나갈 것인지
언제 이 소리들 멀리 떠나가
지겨운 나날들 멈추어 시간 강물들 고요해질까?

나는 꿈꾸고 꿈꿔 낮에도 가끔씩 이런 꿈꾼다.

2007년 12월 7일 금요일 오후, 서하리 글방.

어제는 탈북학생 최금희를 불러내었다. 주채혁 교수를 모시고 무교동 청일옥에 가서 족발과 부침개에 막걸리를 급히 마셨고, 6시 강의 끝내고 온다고 약속한 1년생 전지영을 만나기 위해 급히 택시로 대학로에 가 〈호질〉에 들렀다.

신운용 박사, 여기서 내가 작은 병에 담아 들고 간 양주를 맥주에 타마셨다. 어어 취한다. 작가 김자현을 볼러 최금희를 소개하여 주었는데 마침 이날이 최기호 교수 정년퇴임 기념 모임이 있었나 보다. 최동호 교수도 전화는 하였는데 오지를 않았다. 나중에 임해리 씨가 와서 즐겁게 술을 마시고 헤어졌다. 주채혁 교수가 이 돈을 냈다. 9만원 정도, 바가지를 쓴 것이다. 미안할 뿐.

김자현이 내게 차비를 또 주었다. 오늘 주머니를 보니 5만원이다. 아아 어쩌나? 우리은행에서 내 마이너스 통장 신규 가입이 좀 어려운 것으로 이야기한다. 어쩌나? 빚쟁이, 빈털털이!

452
태안반도, 가로림만, 근소만, 만리포, 천리포에 번진 기름띠

멋모르고 날아든 철새들 기름에 싸여
꽥꽥 소리쳐 날아보려고 하지만 아아 어쩌지
몸은 이미 천근

기름으로 온통 먹칠한 철새여!
대한민국 유일의 기름진 갯벌 눈 깜짝할 새
기름띠로 덮여 양식장의 굴도 갯벌 속에 둥지 튼
조개도 낙지도 모두 숨이 막혀 죽어가는구나!

지구 몸속에 든 화석연료 빼다가 펑펑 잘도 써
자동차, 비행기, 기차, 냉 온방 잘 나가는 문명
이 기름 하나 들썩들썩 선진문명 일구었노라.
앞서고 뒤진 뭐 갖은 수사 다 빌려 어깨 힘깨나 주는구나!

언제 이 재앙 우리 몸 모두 썩혀 기름으로 될까?
허베이 스피리트 호 유조선 가슴팍에 난 구멍
어머니 뼈를 부셔 꺼낸 기름, 저 아픈 팔때기 젖히고 넘쳐흘러
해안 40킬로미터 해안가 기름범벅 물도 고기도 새도 사람도
이 기름 한 줄기 검은 빛

생명의 물줄기 결딴내는구나.

서해안 네 개 면 어민들 삶 판에 내린 재앙
몸서리칠 욕망의 악귀들 대권에 눈은 멀고
부지런, 부지런한 발걸음만 사납게 국민 이름으로
떠들썩하구나!

2007년 12월 10일 월요일 저녁, 서하리 글방.

하루 종일 집에서 뒹굴다. 서해안 태안반도는 스피리트 유조선이 쏟아놓은 기름으로 네 개 면민들 삶 판이 깨어질 형편이다. 유조선이 구멍 나 온통 개펄이 망가졌고 해수욕장들도 다 망가졌다고 난리다. 천수만에 날아든 철새들도 이제 쉴 곳을 잃었구나!

최동호 교수로부터 전화 받았다. 내 첫 번째 시집 『시속에 든 보석』이 한 150부 정도 남았단다. 그걸 내가 100권만 사가란다. 50% 가격으로 사면 35만원이다. 그 돈은 어디서 구하나? 내 책이니 책임은 내가 짐 져야지!

날은 하루 종일 찌푸리고 있다. 저녁 늦게 한 줄금 한다고 한다. 비가 오려나, 눈이 오려나? 아내가 외출에서 돌아왔다. 양지마을 김 여사 만나고 오는 길이다. 내일은 아버지 제삿날이다. 잊지 말아야 할 사항!

453

미꾸라지와 시간

급하기는 마음만 같아
둠벙 퍼내 꿈틀대는 미꾸라지
손 속 빠져나가던 미꾸리 매끄럽던
시간 네 몸을 한 바퀴 휘젓고는
훌쩍 저 넘어 어딘가로 가버렸구나!

낮과 밤 해와 별 뜨고 지던 나날들
담날이 오늘 되고 오늘 또 어제되던 그런 날들
이제 속절없는 미꾸라지 몸놀림처럼
모두 다 빠져 나간 날 푸른 하늘에 앉아
누군가 너
네 가슴 속 파아란 우물만 드려다 보는구나!

2007년 12월 21일 아침 일찍, 서하리 글방.

오늘은 이기상 교수 차를 타고 이 교수 댁 괴산에 갈 날이다. 이미 어제 대통령 선거 결과가 나와 이명박 씨가 대통령이 되어 만방에 경제를 살리겠노라고 떠들썩, 떠들썩 난리다. 가진 이들의 경제를 높이 살리는 길이 못 가진 자들의 살 길이라고 떠드는 이들의 소리가 듣기 싫어 어제는 텔레비전을 켜지 않았다. 신문도 이미 한 말 또 하고, 하고 또 하는 그 소리들뿐이어서 슬쩍 넘겨가며 읽어 치웠다.

어제는 세종대 우리은행에 가서 6개월짜리 신용대출로 마이너스 통장을 만들어 확인하였다. 연세대 교수직을 그만 둔 이래로 세종대의 첫 신용이다.

기말고사 성적을 입력시키고 나서 항의하는 학생들 답변하느라 마음이 좀 무겁다. 호텔관광학과 1년생 장동웅, 경영회계학과 4년생 신이주, 국문학과 박현희 성적 올려달라는 문제가 남았는데 24일까지 수정 마감 날이다. 그 때까지 기다려 보려고 마음먹다.

박순희 선생 순복음 총회신학교 교수직 추천서를 써서 전해주었다. 그동안 많은 사람들을 만났다. 최동호 교수가 하는 김달진 문학상 시상식에 갔다가 만난 사람들도 아주 많았다. 김사인 시인과 오랜만에 노래하는 만남을 적어 놓는다. 어제 날씨는 무척 음침하였다. 음침한 사람의 음침한 속내처럼 하루 종일 뿌옇고 음침하였다.

454

나, 참 나, 내 속에 든 나

1878년도에 태어나 1910년도에 사형당한 당신,
서른 두 해 생애를 나라 구할 마음 하나
그 열기와 분노로 살다 간 당신,
아침 눈 떠 머리맡에 놓여진 당신에 관한 생애 이야기
눈을 찌르는데 나는 정말 누구였던지
60 평생 한결 같은 가난으로 살아온 내게
당신은 죽어서도 눈 부릅떠 잠든 인간을 일깨우는구나.
내 속에 든 당신
도무지 가늠할 수 없는 느낌으로 아침부터
이 가슴 출렁인다.

서른 두 해만 살아 그래도 당당하게
오늘 아침 서하리에 펄펄 살아 있는 당신
안중근!

시 속에서 나는 사라져야 하고
내 속에 든 누군가 나를 일깨워
참 나 찾아주어야 하리.

2007년 12월 23일 일요일, 서하리 안방.

그저께는 이기상 교수 차로 괴산에 들러 하룻밤 잘 지내고 어제 새람이 차로 집에 왔다. 사은리 마을 복판에 예쁘게 지어 꾸며진 이기상 교수 집이 아늑해 보기 좋았다.

오늘은 밀머리 형님 팔순 잔치를 점심식사로 때운다고 오라신다. 김천열 형님! 6·25 때 국방군으로 나가 오대산 전투에서 부상하여 명예 제대한 국군 용사, 작은 형 복열은 형제가 나란히 군에 나가 전투하다가 전사하였다. 깊은 상처를 지니고 여든까지 사신 형님! 언제나 내 편이신 형님 오늘은 거기 가서 소주라도 한 잔 부어드려야 할 판이다.

새람이가 회사에 간다고 해서 한결이가 서울서 오는 모양이다. 곧 갈 준비해야 한다.

455

별이 안 뜬 밤에도 별은 빛나고

사는 일에 바닥이 어디인지 원
그게 다 마음 짓이라고들
가난이 외로움을 부르고
외로움 그게 슬퍼서
바닥 친 삶의 우물을 본다.

그래도 별은 여전히 찬연하게 반짝이고
눈에 뵈지 않아도 별은 아아 그 별
너무 높이 까마득한 저 하늘 위에
내 별 하나 심어놓고, 우렁찬 아우성 소리 곁에
때론 눈물짓는 한숨 젖어
어둠을 토파 내 가슴 여린 곳에
비 내리듯 별빛은 내린다.

2007년 12월 27일 목요일, 서하리 글방.

오늘 이상수 노동부 장관이 무슨 수필 상을 받는다고 최동호 교수 지난주부터 연락이 와서 오늘 가기로 한다.

내 큰 아들 한별이를 깊이 생각한다. 버림받는 일이 무엇인지를 깊이 알아버린 아이! 외로움의 극한까지 겪어본 아이! 믿음 틀의 기본의 꼭지 점에 와 있는 아이! 이제 남은 것은 그가 무슨 큰 울림의 일을 해내는 것 아닐까? 나는 그렇게 믿고, 믿고, 또 믿으며 살아왔고 또 그렇게 믿으면서 살아갈 것이다.

456

눈부신 별 아래 그림자 하나

해가 중천에 떠 눈부시게 빛난다.
별이 지면 어둠 뫼 그리마 다가들고
거기 그림자 하나 몸 옹송거리며 서 있다.

아직도 별을 그리는 너는
그림자 하나로 앉아
묵묵히 떠올라 빛나는 별을 본다.

별 속에는 이야기도 많고
티끌 자욱한 세상사가
시끌시끌 흰 종이 위에 난 연필자국처럼
검고 웅웅대는 말 맴돌이
하루 해가 천년을 이고 떠올라 지고 있다.

2007년 12월 28일 금요일 아침, 서하리 글방.

어제 이상수 노동부 장관이 받는 수필문학상 수상식에 다녀왔다. 그의 수필은 담백하고 솔직해서 읽기가 편하다. 장관 티를 내지 않아서 좋다. 호탕하고 섬세한 면모가 마음에 든다. 판사 출신, 인권 변호사에다가, 국회의원, 민주당 원내총무, 그리고 노동부 장관, 그런데 그가 쓴 수필로 문인 반열에 들었다. 중천에 든 별 하나! 참 재미있다. 그는 세속적으로 성공한 인물이다. 그런 기분 좋은 사람들과 앉아서, 마음 졸이며 술 덜 먹기를 시도하다 보니, 자리가 서먹거려 무척 힘들었다.

2차로 〈호질〉에 가서 이 장관, 최동호 교수, 최광식 고대이번 기고대 총장에 출마하였다고 했다 사학과 교수, 그리고 박명옥 씨올해 「세계일보」 신춘문예에 시로 당선되어 기뻐하고 있는 당찬 여인가 앉아 역시 이 장관답게 양주에다가 맥주를 타서 마시기 시작하였다. 나는 물로 중간쯤까지 대작하다가 후반에 술을 입에 대기 시작하여 다섯 잔쯤 먹다가 노래방으로 옮기자고 일어났을 때 집으로 향해 지하철을 탔다.

김명숙 씨도 늦게 불렀으나 우리가 일어서고 나서 〈호질〉에 왔던 모양이다. 내가 연락을 하였으니까! 그래도 그들과 합석하여 만나 놀라고 하였으나 그들 간 곳에는 가지 않겠노라고 한다.

오늘 김명숙, 임해리, 김영미 들, 그들이 오기로 약속한 날이었는데 못 오겠노라고 한다. 일들이 있다고 했다. 그래서 가벼운 마음으로 일찍 일어나 새람이 아침 참을 챙겨 주었다. 오늘이 광주 장날이다. 시장 보러 움직여 볼까 한다.

457
2008년 1월 1일 해와 달 띄우기

아아 벌써 세월이 이렇게 흘러갔구나
누구나 말하고 복 받아라! 복, 복 복자
남에게 빌어주지만 그 복들이 정말 무언지
짓궂게 묻고 나니 모두들 놀라하는 그 말
그게 뭐였지? 그게 어디 있는 거였더라?
두리번거려도 말만 남아 복, 복, 복 풀어
풀어 보이면 뭐가 나올까?

바라던 자식 낳으라
바라던 취직 되거라
바라던 돈 좀 생겨라
바라던 집을 가져라
바라던 시집 가거라!
바라던, 그 지긋지긋 병 좀 내보내거라

출세 길 복 터지고, 공부 길 학교 문 열리고, 아아 사람이 바라는 게 뭐더라?

바람, 꿈꾸는 꿈, 바람으로 휘몰아치는 바람

빠르기처럼 내 마음 속에 휘도는 바람
한 백억쯤 숨겨 감춘 채
마음 놓고 돈 좀 써보면 어떨까
남들 부리고 물건 사고 명품이라 했던가?
남들 부러워 할 건수 껀수, 물품들을 지니고
해와 달 뜨거나 말거나

지는 해 달처럼 살도록
그렇게 바라는 마음이 복 주머니
남에게도 빌고 내게도 꼭 좀 와 달라고 비는
복 주머니였겠구나!

복은 많을수록 좋은 것
복이여 새로 온 해와 달
복이여 오라, 오라!

2008년 1월 2일 수요일 밤중, 서하리 안방.

어제는 많은 이들로부터 새해 축복을 받았다. 전화기로 달려온 글로부터 컴퓨터 줄을 타고 달려온 글들! 조명행 대사 형으로부터 긴 전화를 받았다. 그리운 이들이 모두 마음에 떠올랐다. 몇 분에게 전화하였다. 받은 물품 또한 적지 않았다. 강창민, 임금복, 김으로부터 곶감, 천옥현, 최정임은 직접 차를 타고 집에 와 사골을 두고 갔다. 그래서 오늘은 만두를 빚어 배부르게 먹었다. 복이 터진 거다.

458

이름 값

이름 부르는 대로 꽃은 꽃이 되고
새는 나르기 시작한다고 누군가
그렇게 말로 장난질 쳐 왔지.

이름은 불리는 대로 그 값이 있어
순택아 운현아 하고 부르면 골목길
저 저녁 어스름 마을 골목길은 문득
아이들 아우성치는 운동장도 되고
전쟁터로 바뀌다가 때론 은밀한 눈빛
마주쳐 소녀들 꾐에 못 이긴 척
따라 간 논밭 고랑에 뒹굴던 고향땅
이름들 그립다.

문득 호로 자로 아명으로 불리던 이름 부르는 버릇
뭔가 독립운동가 흉내라도 내려면
한자로 된 그윽한 호로 불리기를 꿈꾸지, 고약한 꿈!
내겐 일민도 기옥도 한자로 내 이름 앞에 붙여
연민 스승께서 적어 놓으셨지만
뭐라나 무슨 이름 높은 은둔자로 불릴 때

한자 호로 불리는 게 퍽 낯설어 낯 붉힌다.

이름 하나 달랑 지고 나선 이 길
팍팍한 내림길 힘겨히 짓쳐 오르며
뜻도 그윽한 뜻 글자에 얹혀
나는 호로 불리는 이들 무척 낯설게
만나 가끔씩 입술을 비튼다.

2008년 1월 2일 낮, 서하리 안방.

이 방은 동굴 속 같다. 아침 햇살이 빛나게 퍼져 올라도 이 방만은 깜깜한 동굴 속 같다.

김상렬의 창작집 『그리운 쪽빛』들 가운데 「우국제憂國祭」를 읽다가 문득 독립운동가 주인공의 이름이 김득수인데 자꾸 죽천竹泉이라는 호로 불러 기분이 매우 찜찜하다. 이름은 많을수록 좋은가? 이름 하나로도 그걸 버티기가 얼마나 어려운가를 60평생 살아오면서 겪는 일인데 호號로 불리는 인물들이 자주 나오는 건 좀 거북하다는 느낌이다. 중국을 등에 지고 살던 때의 미묘한 양반 태깔 꾸미기라는 고약한 배알 꼴림!

459

복에 대하여

해만 바뀌면 의례히 주고받는 인사
새해 복 많이 받으세요! 복 많이 복 많이!
가장 쑥스러운 인사가 그것인데 도대체 복이란 뭘까
그제 박경리 선생과 전화로 인사하며 또 한 수
복이 뭔지를 배워 여기 마음 닿는 곳마다 써먹되
나쁜 일만 없어지어라, 없어지어다! 나이든 이의 복 받기
그건 나쁜 일들이 다가서지 않는 그런 것.

나쁜 일 하도 많은 삶
별안간 내 몸 어딘가 다가선 못 고칠 병들었노라
암, 아암 그렇지 그 병 참 끈질긴 손님이라고들
수군수군, 그런 나쁜 일
빚쟁이 집달리 끌고 집에 들이닥쳐 이곳저곳
손때 묻은 물건에 빨간 딱지 붙이는 걸 보는 일
자식 병나 끙끙대는 신음 소리 듣는 일
다 큰 자식 주위를 빙빙 돌며 할 말 못하고
그게 빈 주머니 돈 이야기라면 그것 또한 참기 힘든 눈 밟힘
아아 나쁜 일 하도 여러 가지 때깔로 다가서니
그게 없으면 복이라!

젊은이들의 복이란 잘 되는 일 바람이겠고!

눈부신 햇볕 아래 마당가 토끼 한 마리
바짝 마른 풀밭을 어정거리며
먹을거리 찾는 서하리 한낮
복을 빌며, 빌며
날아다니는 일들의 윙윙대는 소리
귀 기울여 나는 유심하게 듣는다.

2008년 1월 5일 토요일 정오.

서하리 글방에 앉아 있다. 그저께 보낸 연봉월 편지 확인하고, 연인선 박사와도 통화하여 새해 인사를 주고받았다.

큰 아이 한별이는 또 다른 여아 한별개도 정한별이라 한다이와 함께 제 누나 가람이네 집 원주에 어제 갔다. 내 주변을 빙빙 돌 때면 분명 돈이 떨어진 작은 아들, 한결이 얘기를 쓰고 있는 판에 전화가 왔다. 잘 지낸다나 뭐라나!

마당가에 토끼가 아침에 놓아준 싱싱한 상추 두 뿌리를 다 먹어치우고는 어딘가로 사라졌다.

460
가지 많은 나무와 소리

나무는뿌리를시켜땅샘물을긷고, 물은적당한높이나뭇가지로기어올라잎을피워꽃과열매맺고또맺고가지도뿌리내리며꽃도열매도맺기바라며바란다나팔수처럼소리쳐마음불며불며바란다줄기는대롱으로물을긷고, 한나무에난가지들모두형제자매지만먼저휘거나꺾이는가지있어웬걸바위틈에걸려더자라지못하면서도물은길어올려야하고, 뿌리는하늘위에솟아나풀대는나뭇가지에물대랴볕쐬이랴굵을대로굵어머리위에솟은형제자매가지들소리질러아아저가지우리들뿌리물긷는일막는구나막는구나소리질러긷는물길트랴트랴소리물긷는뿌리가슴저미고, 보이지않는물길있어듣지못하는물길소리있어뿌리는땅속샘물소리듣고듣고먼하늘가높이솟은나뭇가지들소리들으면서또다시막힌가지물길어물긷고, 힘은힘대로마음씀은씀대로겨운힘아아힘쓰며물긷는일소리들을소리쳐불러내며뿌리는땅에썩어썩어빚갚음에죽어가나니살아도죽어가나니!

아이야 너희들 형제자매야
비록 사는 일 험하고 늘 만나면 힘겹더라도
형제자매 나무로 달린 이여
아이야 너희들 곱게 자란 나뭇 가지들아

샘솟는 땅 속 깊은 아바어마 마음 우물
그 곳에 너희들 따뜻한 보금자리 있나니
아픈 나뭇 가지, 또 살아있었던 너희들 재깔대는
지껄임 그 소리로 살아
내 마음 속 깊은 우물 속에 치렁치렁
그물로 줄줄이 열려 있나니,
너희들 아는 것 그 속에
내가 뿌리로 남아 있나니!

2008년 1월 6일 일요일 저녁나절, 서하리 글방이다.

10시쯤 일어나 세종대와 대한민국을 향해 벌인 소송 관련 문건들을 좀 만들고는 하루 종일 누워 잤다.

어제 한별이가 제 누나 집 원주에 갔다가 번천에서 내려 걸어왔다. 10리길인데 고뿔를 달고 그렇게 걸어온다는 이야기를 듣고 가람이가 펄쩍 뛴다.

가뜩이나 동생이 오랜만에 제 집에 와서 고뿔에 걸려 미안한 마음으로 속을 졸이는데, 그 몸으로 걷는다니까 펄쩍 뛰면서 속이 상한 모양이다. 오늘까지 속이 안 풀렸나 보다.

그래도 우리 부부는 한별이의 그런 발걸음의 뜻을 좀 알기 때문에 미안할 따름이다. 상식을 늘 뛰어넘는 아이 한별이에게 큰 복 길이 있으리라!

461
나무토막, 악어 나무

한 때 우리는 악어 형을 모신 적이 있다.
악어 형 악어 새
지금 너는 들여다볼수록 한 토막 나무등걸
속이 텅 비어 퉁퉁 머리를 쳐도
뱃구레나 어디 몸통 살갗만 쳐도 퉁 퉁 퉁 퉁
나오는 소리 빈 통 나무 울리는 네 삶이
그렇게 속 빈 나무로 악어 모양새
그 험한 물결 헤치다가 울퉁불퉁 멋대로 생겨
눈만 빠꼼이 먼 하늘 빈 창공 휘휘 바라보며
바다 그 시간 한복판에 떠 있구나.

너는 한 그루 나무토막
어느덧 네가 모르는 채 떠나보낸 꿈도
현실 마주친 밥상머리 모든 생각과
글쓰기 놀이와 끔찍한 사랑까지
해 저무는 갯가에 뜬 한 조각 나무
속은 텅 비어 울리는 울음소리 뎅뎅 하고
울어도 아무도 돌아보지 않는 시간의 저물녘
뒤척이는 지구 땅덩어리 울리는 소리 따라

너 한 나무토막, 악어처럼 둥둥 뜬 시간
바다에 뜬 속 빈 나무토막이로구나!

2008년 1월 13일 일요일 늦은 아침, 서하리 안방.

이 방은 무조건 어둡다. 낮에도 불을 켜야 뭔가가 보인다. 법정에 낼 준비서면 준비가 그럭저럭 다 되어 간다. 내일은 김정수, 주채혁 교수 셋이 광화문 근처에 모여 최종 점검을 마쳐야 한다. 18일까지가 제출 기일이다. 최완열 선생 것은 어제 다시 완성하여 이메일로 보냈다.

한별이는 18일 중국으로 또 간다. 아아, 빼개지는 가슴이여! 오늘은 한결, 새람, 한별 모두 집에 와 잤다. 자식을 낳은 것에 대한 미묘한 죄책감, 이게 무슨 해괴망측한 바닥 삶 헤치기냐? 아이들이 커가고 나이 들어가는 것을 보는 것은 참기 힘든 고역이다. 삶의 바닥은 참으로 고된 사막이니 원! 고약하기가 말로 할 수 없을 정도다.

어젯밤에 권혁복 학생이 내 홈피에 들어와 쓴 글에서 읽은 이야기. 세종대 국문학과 학생이 휴학하고 옷가게에 가서 하루 종일 매달려 일하여 돈을 좀 벌고 있단다. 피곤하기가 말로 하기 힘든 모양이다. 이 이야기에서 나는 그의 부모들 얼굴을 떠올렸다. 힘겹게 노 젓는 어른!

나의 이종사촌 형 한기호를 시인 김지하는 '악어'라고 불렀다. 형수 강연심은 '악어새'!

462
솟대 장식

지붕 위로 뻗친 나무에 새 한 마리
솟대 꼴로 앉아 짹짹 공기 침 놓는데
아침참이라도 챙겨 먹었는지,
손가락 뻗어 가리키자
하늘은 뻥 뚫려 쨍하니 맑고 투명한데
새 나라가 펼쳐지나 보다.

음력 정월 가까워 오자
새들도 사람 마음 알아
초가지붕 위 나무 위에 앉아
빌고 바라는 풍년과 복을 후려 달라고
까땍까땍 솟대 장승 빌고들 있나
하늘 먼 곳
눈길 멈춘 저 다담, 다담, 다담, 다담 날들
꿈꾸듯이 서 있고나!

2008년 1월 16일 수요일 아침, 서하리 글방.

오늘은 제대로 새람이가 출근하였다.

그저께 월요일에 주채혁, 김정수 교수들을 광화문에서 만나 소송 준비서면을 완성하여 내일쯤 법원에 붙이려고 하는데 최완열 선생 참고 서류 가운데 문승사 처형의 남편동서이 썼다는 강제 대리 사직서 원본하고 그의 고용계약서 사본이 도착하지 않아 오늘은 미국 버지니아주에 사는 최 선생에게 두 번 전화하였다.

이제부터는 〈우학모〉에서 발표할 글을 준비해야 한다. 무얼 써야 할지조차 아득하지만 해내야 한다. 오늘이 가장 추운 날로 기록되어 알려진 날 아침인데 문을 여니 쨍하고 눈이 부시다. 맑은 추위로 떠다니는 날씨! 지붕 위에 향나무 줄기가 뻗쳐 올라와 있는데 거기 새 한 마리를 앉혀 놓고 생각하니 곧바로 솟대가 된다. 뭔가를 비는 거라니까 나도 비는 마음을 적어 놓는다.

한별이는 동생 차를 빌려 타고 어제는 여주 선산에 들렀던 모양, 오늘은 외할머니 산소엘 갈 모양이다. 모레 중국으로 다시 떠날 생각을 하니 만감이 뒤섞이는 모양이다. 나도 그렇다.

463

알 수 없는 일

세계 제일의 대학교라고 식민지 지식패들 입만 열면
야만국 미국, 뛰어나다는 하버드 대학교,
말발깨나 쓴다던 헌팅턴, 문명이 부딪쳐 싸운다, 싸움꾼
무식한 거드름 가면으로 쓴 꼴통 나는 도통 알 수가 없구나.
외눈배기 앎 꾼 제 배만 보는 마귀 트롤 닮아
자기 논에 물 붓는 말 발 하나만 옳고 옳다 꽥꽥
시뻘건 얼굴로 중얼거리는 트롤,
도무지 알 수 없는 나라 무지한 앎 꾼!

태안반도에 검은 기름이 하루아침 나절
서해안 아름다운 비단 바다 줄줄이 줄줄 역청띠 뒤덮어
어민들이 죽을 동 살 동 자살하는 사람들 늘고
전국 자원봉사자들 띠를 이루며 바닷가 흙 돌에 묻은 기름
닦느라 애면글면 모두 자원봉사 아아 그 힘으로 나라 재난이
곧 가셔지리라 지리라
툭하면 써먹던 백성 등골 빼먹기
신문 방송들 나서서 야단법석깨나 부려보지만
그 기름 실어 나르다 바다, 바닷가 모래밭에 온통
출렁이게 쏟아 부은 배 주인은 간 곳 없고

돈깨나 만진다던가 나라 살림 다 맡아 한다고 우물우물
전국 여기 저기 마트다, 마트 잔챙이 그물질
바닥 채 돈 긁어모은 사람 에헴 뻔뻔이는 어딜 갔나?
알 수 없어라! 많은 돈 긁어 비밀 창고에 모아 놓았다던
그 사람 에헴, 천 억쯤 내놓고
미안하여라! 한 마디쯤 할 법도 한데 종무소식,
돈에 도덕 윤리 본새 없다 치고,
사람됨도 감감 어둑컴컴!

집 뜰 툇마루에 나타난 우리 집 웬 토끼 한 마리
아침저녁 끼니로 상추깨나 놓아먹였더니
수돗가 연못 얼음 위에 질펀하게 싸지른 까만 똥
왜 그 짐승 거기다만 열심히 똥 싸지르는지
헌팅턴도 삼성재벌 총수도 모두
이 집 토끼 똥 깔기는 고집 알 수 없는 이치로
뻔뻔하기가 하늘을 찌르는
더러움으로 가득 차 보이는구나!

2008년 1월 20일 일요일 오전, 서하리 안방.

한결이가 어제 와서 자고 있다. 내일은 이기상 교수가 사는 괴산에 가기로 약속을 잡았다.

그저께 박순희, 강은미, 한학성 교수를 불러내어 술을 좀 마셨다. 〈우학모〉 논문 발표자로 한 교수도 한 꼭지 한다고 해서 마음이 좀 가벼워졌다.

태안반도에 기름띠를 띄워놓은 삼성중공업 관계자, 한국 제일 부자라는 이건희 삼성그룹 회장은 입을 꾹 다문 채 아무 말도 없다. 어민은 벌써 두 명이 목숨을 끊었다. 우리 집에 들른 토끼 새끼가 연못에 깔기는 똥보다도 더 더러운 재벌이라는 느낌이 자꾸 든다. 어쩌나?

464

해바라기

괴산 군자산 봉우리에 해는 걸터앉아
구름 속에 얼굴을 감추고
빛은 구름에 묻은 먼지조각으로 날려 대낮도 어둡구나.

밤은 밤대로 깜깜한데
낮은 어찌하여 이리 어두울까
네 마음에 내려앉아 타오른 빛
해바라기 꽃 피어나 빛 바람
언제 어디서 살아올라 터질까?

해 그리운 날
네 마음에 한 아름 빛을 담아라 빛!
펴 담아 담아!

2008년 1월 23일 수요일 아침, 서하리 글방.

어제는 늦게 괴산에서 출발하여 10시쯤 집에 도착하였다. 박지용 군 차로 집엘 왔는데 미리 알려놓지 않아 밥이 없다. 라면 하나로 대접하여 보냈는데 마음이 영 아니다.

이기상 교수 댁 괴산에 그저께 갔다. 구연상 박사 부부, 어린 아이들 셋, '다서' '예서' '해서막내가 아들 '해서', 하늘이라고도 부르더라! 이은주 박사, 그리고 이 교수 제자 박지용 군. 나까지 여덟 명이었나?

그 댁엘 가니 초등학교 선생이자 이 교수 제자인 김기옥 선생이 있어 그제 저녁은 그야말로 음악판! 빛은 조명된 것만 있고, 소리만 무성하게 내지르다 왔다. 5시까지 마신 모양이다.

어제 한낮에 최동호 교수로부터 전화를 받았다. 윤일부 선생에 대해서 묻고는 정병욱 선생이 최하림 선생을 만나 이야기 중에 윤동주가 왜 내게 그 세 틀의 시집을 주었나 하고 생각하다가 아하 내 여동생 정덕희윤일주 선생의 부인이자 윤인석 교수의 어머니를 윤동주가 좋아한 게 아니었을까? 하고 생각하였노라는 이야기다! 그럴듯도 한데 최 교수가 윤일주 선생과 부부라고 하니 깜짝 놀라더라! 하하하하, 다 지나간 일들!

느닷없이 안병영 전 장관이 전화로 내 안부를 물었다. 눈이 예쁘게 쌓이니 내 생각이 났던 모양이라! 속초 해변가 눈 경치가 대단했던 모양이다. 나를 위로하는 말이었다. 무슨 위로? 내 가난살이의 무거운 짐! 마음이 더 무거웠다! 어제까지 나는 해를 못 본 것 같다. 아니 못 보았다. 빛은 무슨 빛, 사람 마음만으로 빛을 추켜들어야지!

465

나를 가둔 감옥

감옥은 어둡거나 춥고
밝아도 밝되 외롭다.

밝은 대낮이 나를 가두어
짱짱한 햇살 밧줄에 묶인 채
반짝이는 햇볕과 봄이 온다는 길목에서
길바닥에 뒹구는 돌들
재잘대는 새들도 나를 감시하는 간수
이 밝은 감옥 속에 나는 갇혔다.

감옥은 깜깜한 어둠 속
홀로 누워 천장 둘레나 살피는 내 눈
어디 두어야 할지 몰라 두릿대는
몸짓으로 어둠에 묶인 몸도 마음도
밤은 잠을 부르나 잠도 어딘지
이리저리 헤매는 거리
망망한 어둠 속 감옥에 네가 갇혔구나.

낮도 밤도 네겐 감옥

들리는 것들과 보이는 것들 모두
네가 갇힌 감옥들로 우줄우줄
네 벽을 감싸는구나!

너는 꼼짝없는 수인
낮도 밤도 없이 어딘가 헤매는
허방거지로 헤매는
방랑자 그 방랑자였구나!

2008년 2월 1일 토요일 대낮, 서하리 글방.

그저께는 대학원 제자들인 김정옥 유치원 학원원장과 이소영, 한수현이 와서 즐겁게 이야기하고들 갔다. 나는 술이 좀 미진하여 양주를 홀로 마시다 보니 과음이었다. 어제는 그래서 아무 글도 못 썼고 잠만 잤다.

김희주가 커다란 배 상자를 보냈다. 글 쓸 자격이 없어 쓰던 글을 멈췄다고 종알댄다. 으이구! 자의식이 너무 강한 사람, 마음이 짠할 뿐이다.

오늘 오후 늦게 이상진, 이승윤, 김명석 박사들이 온다고 연락이 왔다. 나는 안중근론을 조금 더 썼다. 140장!

조아영이 친구 장례식장에 갔다고 연락이 왔다. 친구가 차사고로 죽었단다! 고 3짜리! 놀라운 일로 햇볕이 눈부시다.

466

봄빛, 숭례문 불타는 가랑잎처럼

가랑잎이 살랑댄다. 봄빛이 요란하다.
어젯밤 남대문 숭례문이 불타
가뭇없이 사라진 조선조 초기 건물,
국보 1호 타는 불길 무섭게도 올라 올라
한밤중에 내린 벼락 서럽기도 하여라.
새로운 봄빛에 가랑잎 바짝 말라 살랑살랑
태안반도 기름 바다 불꽃으로 넘실넘실
그게 내 몸 꽁꽁 묶는
아아 봄빛이었구나!

불꽃으로 넘실대는 새 정부 봄빛에 빛나는 제단
들썩이던 어깨 뽐내며 가볍게 가벼운 말들
온 누리 사람들 가슴 서늘케 하더니
저런 재앙으로 소리치는구나!

봄은 가랑잎으로 바싹 말라
사람들 마음 속 새싹 미처 돌볼 새조차 없이
불타 치솟는 어둠 너울로
속절없이 무너지는구나!

2008년 2월 11일 월요일, 글방.

오랜만에 여기 앉아 이런 글을 쓴다. 그저께는 내 생일이랍시고 큰 딸 내외 작은 아들 한결, 그의 친구 재철 군 내외와 꼬마 아들, 새람이, 한별이가 사귀는 정한별여아, 일본 처제 정숙과 그 친구들 희정 씨, 김영 화백 등이 와서 생일 축하 노래도 불렀고 케익도 잘랐고, 소주도 좀 마셨다.

「안중근 론」을 300여 장 써놓고 〈우학모〉 모임 준비로 마음이 벌써부터 바쁘다. 어제 밤중에 남대문이 불타 아침에 인터넷에 들어가 뉴스를 보니 완전히 불타 사그라지는 모습이 다 보인다. 곧 이명박 정권이 들어선다고들 인수위 사람들이 떠들썩하게 영어몰입교육이니 대운하 건설이니 뭐니 야단을 쳤다. 미국 정부는 국회에서 이명박 정권 찬양하는 무슨 결의까지 한다고 난리다.

을사 5적들과 정미 7적들에 대한 안중근의 분노와 멸시를 읽고 있던 내게 이번 정부는 말로 할 수 없을 정도로 착잡하다. 태안 바다 기름 유출로 갯가 사람들이 죽기도 하고 한숨으로 시름없는 판에 조선조 초기에 건축되어 5~600여 년 동안 민족의 긍지를 지켜왔던 국보1호 숭례문이 저렇게 허망하게 불에 타 재가 되었다.

아침에 뒤꼍에 나가보니 가랑잎들이 바싹 말라 겁이 덜컥 난다. 불똥이 떨어지면 금세 산 전체가 타버릴 것 같은 느낌 때문에 들고 갔던 담배를 감추고 방으로 얼른 들어왔다. 독문학자 안인희 선생 연락처를 찾느라고 애를 쓰다가 박경혜 선생께 물어 겨우 찾았다. 〈우학모〉 발표자 문제 때문이었다. 독일 문화 쪽 발표가 어렵게 되었다. 여상운 교수가 아버님 친환 때문에 발표를 못하겠다고 했다. 외롭다. 유재원 박사는 그리스에 가 있어서 상의할 사람이 없다.